GOBOOKS
& SITAK
GROUP©

GOBOOKS & SITAK GROUP©

三日月書版

三日月書版

volume.05
帝柳
Illust.
JNE*靜
少女王者
Scepter of Rose King
輕世代
三日月書版 FW321

CONTENTS

序　幕 …… 019
第一章 …… 025
第二章 …… 061
第三章 …… 075
第四章 …… 093
第五章 …… 115
第六章 …… 127
第七章 …… 139
第八章 …… 167
第九章 …… 193
第十章 …… 207
第十一章 …… 223
最終章 …… 241
後　記 …… 249

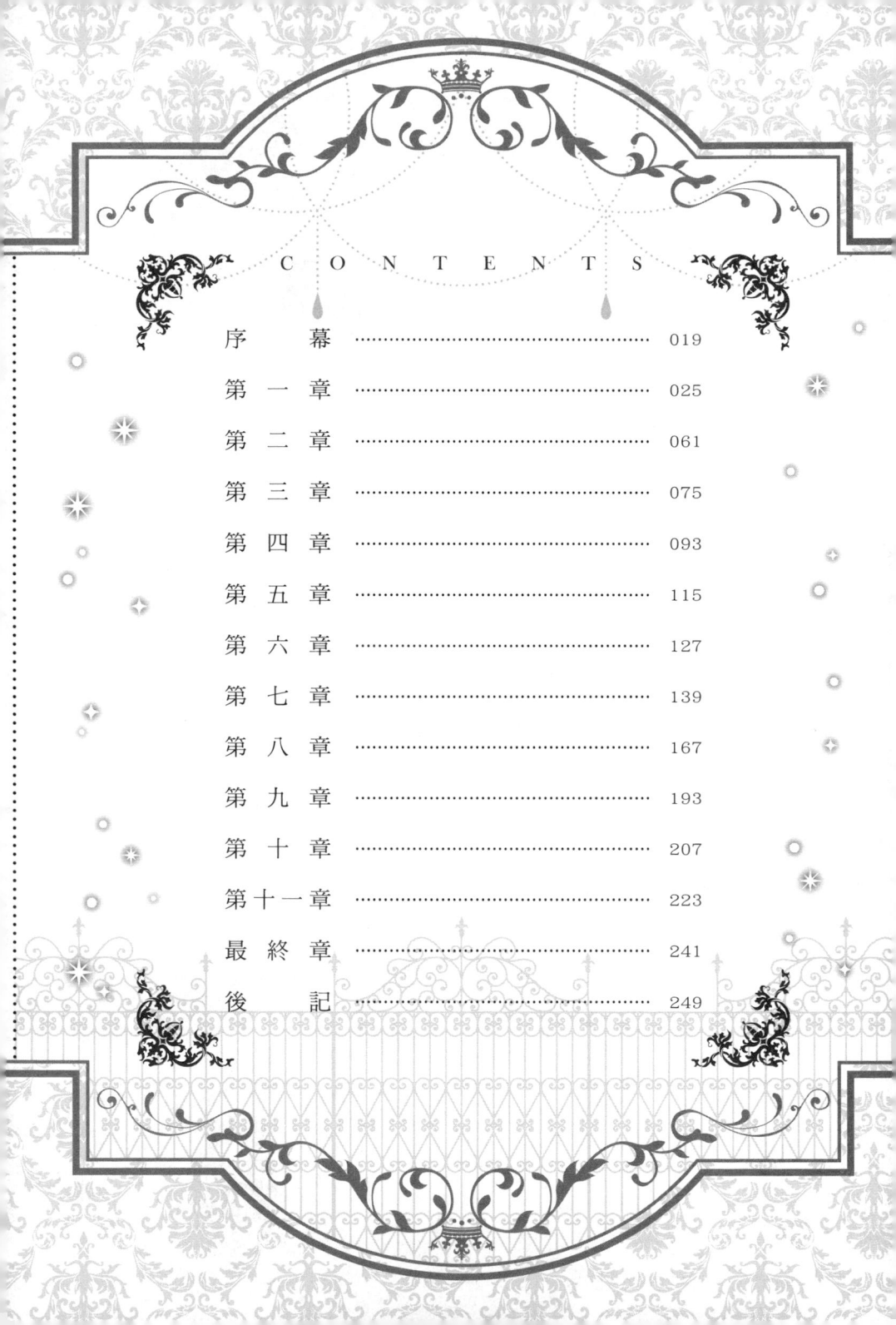

羅娜

PROFILE

- 身分：御主
- 從屬式神：巴哈姆特、法哈德

帥氣的十九歲美少女，個性好強，感情方面意外遲鈍。
為了進入聖王學園，努力扮演清純可愛的「娜娜醬」，但總是不知不覺暴露本性。

巴哈姆特

PROFILE

⚜ 身分：式神

⚜ 式神等級：R級(SSR級)

羅娜的從屬式神，原本是SSR級的強大式神，後因某些緣由降為R級。
依靠俊帥霸氣的外表收獲不少迷妹粉絲，實際上是一隻喜歡調戲羅娜的老色龍。

法哈德

PROFILE

⚜ 身分：式神

⚜ 式神等級：SSR級

編號001的人造人，由羅娜的父親所創造，名字源於阿拉伯語的「豹子」。
被靈人界稱為「漆黑的深淵魔王」，喜歡稱呼羅娜「我的百合花」。

星滅

PROFILE

- 身分：御主▶式神
- 從屬式神：緋色戰狼(曾經)

偽裝成普通學生「蔣冽」，真實身分是影狼族後裔，在複賽中被法哈德殺死。
個性調皮惡劣，喜歡調戲羅娜，總是稱呼她為「娜娜醬」。

賽菲

PROFILE

⚜ 身分：御主

實力強勁，以第一名的傲人成績通過聖王學園入學考。
說話毒蛇，個性高冷驕傲，似乎把羅娜當成有趣的小動物。

宥娜

PROFILE

- 身分：御主
- 從屬式神：宮本次郎

長相神似羅娜，實力強大，性格冷漠毒蛇。似乎和羅娜的父親有著不一般的關係。

所羅門

PROFILE

⚜ 身分：御主

聖王學園的校長。
外表英俊、性格神秘，受到眾多女同學的喜愛。

凡卓斯

PROFILE

- 身分：式神
- 式神等級：N級

傳說中的「淫亂之魔」，外表妖豔俊美，但個性百依百順。平時總是無意識散發出勾人魂魄的魅力，讓羅娜無法抗拒其甜蜜的邀請（？）。

皇后

PROFILE

⚜ 身分：御主

「塔羅」組織的女性首領，總是戴著華麗的白色面具，散發一股冷冽強勢的氣質。組織內無人見過其真面目，出現在眾人面前時，會手持一把與「薔薇王者權杖」極為相似的權杖。

序幕

Scepter of Rose King

深夜時分，正是許多人進入夢鄉的時刻。但仍有少數人由於工作的關係，直至此時才能下班回家。

一名西裝筆挺的金髮女子拖著疲累的腳步，從公司大樓裡走了出來。繁忙的工作總令她疲倦不堪，但只要想到下班後心愛的人會來接她回家，心中的那份溫暖與期盼，讓她覺得再累都值得。

這天晚上，她一如往常地離開公司，附近杳無人跡，基本上她是除了保全以外，最晚離開公司的人。

她經過離公司大門不遠的公車站牌，看見了一張貼在上頭的宣傳海報與標語。那是靈務管理局的廣告，詳細內容她不是很在意，大概是為了維持非靈人與靈人之間的安穩而應該採取的措施吧？

經過公車站牌後，她獨自一人走到轉角前，那是她每天等待男友的地方——嚴格來說，對方已經是她的未婚夫了。

夜風吹來有些冷涼，不知為何，今晚的空氣和風都有些不尋常……

「應該只是錯覺吧……這時間親愛的應該快到了。」

金髮女子看了看腕上的手表，接著走到定點，探頭等候自己未婚夫的到來。

站在寒冷的夜風中，她不時踮起腳尖、轉頭左右查看，臉上還帶有一點微微的焦慮。

不久，一道黃色的車燈終於從遠處照來，很快就看到一輛熟悉的車駛來。

轎車在金髮女子的面前停穩，搖下車窗後，露出了駕駛的臉孔。

「親愛的，等很久了嗎？」駕駛正是金髮女子的未婚夫，他表情溫柔地問著對方。

女子搖了搖頭，笑了笑道：「不會，才等一下而已。」

「呵，那快上車吧，時間也晚了，我快點送妳回家。」

「謝謝親愛的，你對我最好了。」

甜甜地朝未婚夫一笑後，金髮女子繞到另一邊的車門，準備開門上車。

正當她準備拉開車門，一道身影迅速地從她後方出現，並用手摀住了她的嘴！

「親愛──」

她的未婚夫見狀大喊一聲，同時反射性地轉身開門衝出車外，打算營救自己的未婚妻。

他一下車，整個人就像被看不見的外力牽引一般，忽然被反轉過身，用力地緊貼在車門上！

「嗚！」

見未婚夫被如此對待，被摀住嘴巴的金髮女子想放聲大叫，著急地不斷掙

扎，但後方架住女子的綁匪卻只是更加用力地抓住她。

金髮女子立刻就意識到，這超乎常理的狀況肯定是靈人所為！

她既驚恐又心急如焚，她想快點到未婚夫的身邊，她無法忍受所愛之人痛苦的模樣！

這時，另一個蒙面的身影突然出現在女子的未婚夫面前，好整以暇地在對方身上搜刮財物。在將兩人身上以及車內的財物洗劫一空後，這兩名綁匪似乎打算直接開著被害者的車輛逃離現場。

就在這一瞬間，察覺到他們意圖的未婚夫，想趁對方一個分心，從後方襲擊綁匪——

一道隱形的力量再度阻止了他。

金髮女子的未婚夫整個人彷彿瞬間凍結一般，僵在原地、動彈不得！

「找死。」

差點被襲擊的綁匪語帶憤怒，下一秒，就見一把小刀毫不留情地刺進男子胸口之中！

剎那，伴隨著金髮女子痛徹心扉又極為恐慌的尖叫，一朵朵豔麗血花不留情面地盛開在她未婚夫的身上……

一條生命，就在這黑夜之中殞落。

「又是……那個夢啊……」

一對碧藍色的雙眸緩緩睜開，直直地盯著天花板，漂亮的金色長髮隨意地散在白色的枕頭上。

事隔多年，她還是反覆做著相同的惡夢。

她從床上坐起身，拿起放在旁邊的水杯啜了一口，滋潤因恐懼而乾澀的喉嚨。

她轉過頭，看著立在床頭櫃上的一張照片。她眼簾低垂，眼神中百感交雜，但更多的是一股隱約燃燒的復仇之火。

堅毅且灼熱，卻又十分隱蔽，在她的胸中持續燃燒了許多年。

「快了——」

她注視著照片中的男子，那個她曾經摯愛的未婚夫。

「就快實現『理想國』的目標了。」

第一章

Scepter of Rose King

巴哈姆特佇立在黑夜之中，風變成了逆向，將他一頭銀色長髮往前吹拂，吹得更接近宥娜的所在。

他不曾如此仔細端看過宥娜的容貌。

今天是第一次，他發現宥娜實際上並沒有那麼像羅娜。

明明跟羅娜的五官幾乎如出一轍，可看在巴哈姆特眼裡，她們兩人卻是明顯地不同。

羅娜的雙眼散發著堅毅卻有些狡猾的光芒，注視著自己時總帶點撒嬌和耍賴；宥娜血紅色的雙眼雖然同樣堅毅，但卻毫無人情味，更像是冷酷的機械般透露出一股冷漠。

羅娜的神情柔和又多變，時而欠揍時而又惹人憐愛；宥娜的表情卻幾無變化，讓人很難在她的臉上找到破綻，與人有著相當強烈的距離感。

這兩個人是完全不同的，巴哈姆特絕對不會把這兩人搞混，更無法將她們重疊……

「你想要什麼，巴哈姆特？」

一開口，就直接開門見山地挑明問題，確實很有宥娜的風格。

這樣看來，就更不相似了。

無論巴哈姆特怎麼看，羅娜跟宥娜都是完全不同的兩個個體，只是他十分不

解，宥娜為何會出現？她和羅娜之間究竟又有什麼關聯？

「本龍王想要的，妳能給嗎？」雙手插在口袋，巴哈姆特的表情略顯戲謔與嘲笑。

「你不說，我怎麼知道給不給得起？你想要的，不就是奪取羅娜那個愚蠢御主的關注嗎？」宥娜又冷冷地將問題拋還給巴哈姆特。

「哈，本龍王不否認，但這只是其中一項。」

巴哈姆特笑了笑，聳了聳肩膀，面對宥娜咄咄逼人的態度，他只是從容以對。

「說，那另外的目的是什麼？」

宥娜眉頭一挑，她從不拐彎抹角，她只會直接提出問題。

「本龍王真正想要的，是——」

巴哈姆特低沉的嗓音，在呼嘯而過的夜風中幾乎被掩蓋，僅有站在他面前的宥娜聽得真切。

月輪落下，朝陽升起，從窗外斜射而入的陽光，照在羅娜的睡顏上。

「唔……」

羅娜動了動眉頭，雙眼仍不捨睜開，但卻已經能隔著眼皮感受到陽光的問候。

「該起床了，御主大人。」

一道對羅娜而言不算熟悉的男性嗓音從耳邊輕細地傳來。

「唔……再讓我睡一會……」

羅娜也不管那聲音的主人是誰，只想順從自己濃濃的睡意，眼睛就是不願睜開。

「御主大人，您若再不起床，鄙人就只能用其他方法喚醒您了喔……」

對方把話說得莫名曖昧，但都到了這種地步，羅娜還是沒有起床的打算。

直到對方終於開始行動——

「呼。」

聲音的主人在羅娜的耳邊吹出一股曖昧熱氣。

「唔！」

耳朵然被吹了一口熱氣，嚇得羅娜馬上從床上彈起來，她左顧右看，映入眼簾的正是那張有些熟悉卻又陌生的臉孔。

「凡卓斯！」羅娜就像氣到炸毛的貓，轉過頭對著凡卓斯大喊。

「是，鄙人在。您可終於醒了，御主大人。」凡卓斯單膝跪在床邊，恭敬地低下頭回應羅娜的怒喊。

「誰讓你吹我的耳朵了！」

看到凡卓斯一副好像什麼事都沒發生的反應，羅娜莫名地更火了。

「因為御主大人您不肯醒來，鄙人只得用其他方法喚醒您了，鄙人已經事先告知您了啊……」

凡卓斯一臉困惑，他歪著頭，完全不能理解羅娜為何如此生氣。

「就算用別的方法怎麼可以吹我耳朵！」見凡卓斯一臉不知做錯什麼的表情，羅娜雖然有點錯愕，還是直指對方怒喊。

「御主大人……您不喜歡這樣的方式嗎？」

「哈啊？」

羅娜看著凡卓斯一臉委屈的神情，讓她一時間有些反應不過來。

「以前，那些異教徒崇拜身為淫邪之神的鄙人時，他們每一個人、不分男女都很喜歡鄙人這麼做啊……到底是哪裡出了問題呢？」凡卓斯一手拄著下巴，認真地思索著自己哪裡做錯了，「是您不喜歡那麼近的距離嗎？還是今天鄙人吹的方式不對呢？不對呀，鄙人的技巧應該不會有問題……」

「完全不是那種問題！算了，我跟你是雞同鴨講……」

羅娜嘆了一口氣，一手捂著自己的臉。她知道自己無論怎麼解釋，凡卓斯總會解讀成另一種版本。

「不過，您終於清醒了，您還記得昨天答應所羅門校長什麼嗎？」凡卓斯終

於站起身來，不過仍保持著恭敬的態度，問向羅娜。

「啊，你是說要搞定和賽菲之間的事？我當然記得了。」

「那麼，您已經有想法了嗎？有把握說服賽菲？」

「沒想法也沒把握。」羅娜不假思索地回答了凡卓斯。

「那您打算怎麼辦？難不成要推託所羅門校長的命令嗎？」凡卓斯聽到羅娜這麼一說，顯得有些驚訝。

「沒怎麼辦，只能硬著頭皮上了，總要嘗試看看啊。」

羅娜迅速地換好花嫁系的制服後，從屏風後走了出來，一邊扭著臂膀，一邊說道：「對了，我再次警告你，凡卓斯。」

她回過頭去，投射出一道凜冽的目光，「以後不許你隨意以什麼淫亂之神的名義和方式對待我，我不是你以前的信徒！」

「可、可是，以前鄙人的信徒都很喜歡被那樣對待啊……」被下達禁令的當事者一臉委屈困惑地回應。

「總之，不行就是不行！這是御主的命令！」

羅娜完全不想再和這個根本聽不懂人話的傢伙解釋了！

凡卓斯不敢再吭聲，但卻一臉欲言又止的模樣，令羅娜有些無語。於是她又補了一句：「若你還想被我家式神毒打一頓的話，那就隨便你吧。」

「唔！鄙人不敢了！」

顯然是想起什麼萬分可怕的回憶，凡卓斯的臉色瞬間刷白。

「很好，看來你記住了。」

羅娜嘴角微微上勾，她知道這下終於讓凡卓斯徹底明白事態的嚴重性。

就在羅娜準備踏出宿舍房門前，凡卓斯突然又說了一句讓羅娜有些在意的話。

「那個……御主大人，既然您提到了其他式神……鄙人不知道這該不該跟您說……」

「你又想說什麼？」羅娜回過頭，皺起眉頭問向凡卓斯。

「鄙人昨晚看到……巴哈姆特大人似乎在半夜離開了宿舍，雖然很快就回來，但不知他去做了什麼……應該不是什麼重要的事吧。」

「半夜出去了嗎……我知道了。」

羅娜聽了凡卓斯的話後，愣了一下。這個消息讓她覺得有些微妙的異樣感，尤其是現在巴哈姆特並不在自己體內。

一直以來，羅娜都非常尊重式神的個人隱私，從不主動去追查他們的氣息所在，更不會過多地追問。

羅娜突然意識到，巴哈姆特近來似乎很常離開自己的視線範圍，雖然早有感

覺那頭老龍好像在躲避著自己……

但現在，這份異常的躲避感更為明顯了。

不過，她可沒時間再去處理這件事，學生會長選舉的報名截止日迫在眉睫，她必須得在今天搞定賽菲才行！

正午時間，聖王學園學生餐廳。

此時正是聖王學園學生們的用餐時間。在這裡，可以看到來自各個科系的學生聚在一起享用精緻的餐點。

而花嫁系的學生總是格外引人注目。畢竟被分配到這個科系的學生，基本上都是正值青春年華、如花似玉的美麗少女，可以說容貌的平均值比起其他科系還要高上許多。

羅娜一進入餐廳，就能感受到來自四面八方的視線。特別是穿上花嫁系的專屬制服後，這種被注視的感覺就更為強烈了。

不過，羅娜並不享受也不排斥這種矚目。這種被聚焦的感受，在之前她扮演「娜娜醬」的時候，就已經徹底習慣了。

「欸，那個不是之前扮成宅男偶像的娜娜醬嗎？怎麼感覺有點不一樣了。」

「哪裡不一樣？」

「氣質啊，還有整個人給人的感覺，好像走路姿勢變得優雅了一點……可能是錯覺吧？」一名男同學打量著羅娜說道。

「聽你這麼說來，好像有那麼一回事……」聽了對方的話後，他的朋友也頗為認同地跟著一起打量著羅娜。

羅娜沒有想要理會，但說完全不好奇那是騙人的。過了一會，她又聽見那兩名男同學繼續討論著自己。

「該不會是上了一陣子的花嫁系課程吧？聽說那是專門訓練學生成為完美的新娘？」

「好像是呢。」對方點了點頭。

「花嫁系真是厲害啊……才經過一段時間，那個輕浮的娜娜醬氣質都變了……」

聽到這裡，羅娜表面上雖然維持鎮定，但內心卻有些得意。她自己其實看不太出來變化，但從他人的評價看來，花嫁系的訓練真的有效果。

懷著雀躍的心情，羅娜的腳步也不自覺地輕盈了起來。不過她沒有忘記今天來到這裡的任務，並不是單純為了用餐，更不是為了聽那些人的評語……而是為了那個人。

遠遠地，羅娜就在餐廳的人群裡看見了賽菲身影。

打定主意，羅娜深吸一口氣，快步朝自己鎖定的人走去。

「賽菲同學，你前面的位子有人坐嗎？」來到坐在長餐桌對面的賽菲面前，羅娜有禮地詢問對方。

「有人。」賽菲毫不遲疑地回答。

「是嗎？但我觀察了一下，好像都沒有人來喔。」

羅娜左右張望，遲遲不見半個人影走來。

「哼。」

賽菲冷哼一聲，連看都沒看羅娜一眼，繼續低著頭享用著他的午餐。

「那我就當你答應了，賽菲同學。」

沒等賽菲回應，羅娜直接一屁股坐下，並開門見山地對賽菲說道：「賽菲同學，請讓我們一起參加學生會長的選舉吧。」

「我拒絕。」

「我都還沒把話說完，你這麼快就拒絕，這樣不好吧？」

早就預料到賽菲會拒絕，羅娜一點也不意外，只是繼續把話說下去：「由你擔當學生會長，我則擔任副會長，怎麼看你都不會吃虧。再說……」羅娜深吸一口氣，刻意地壓低嗓音道：「你忘了我們要一起找出塔羅的內奸嗎？只要掌握了學生會的權力跟資源，想要找出那個人就更容易了。」

說這些話的時候，羅娜還小心翼翼地左顧右看，確定沒有人注意自己才安心地繼續把話說完。

「這就是妳的計畫？」賽菲眉毛一挑，終於抬起頭看了羅娜一眼。

「你這樣說就不對了，還分什麼你我呢？這可是我們共同的任務啊。」羅娜看出方才那段話引起了賽菲的興趣，不禁笑著回應。

「油腔滑調，果然是妳。」賽菲不屑地說著，又低下頭繼續享用他的午餐。

「賽菲同學，你到底要不要和我一起參選啊？」

不管賽菲說了什麼，羅娜只想知道對方的答案。

「只是這樣的話，我為何不去找一個更強而有力的人擔當副手？妳只是個排名墊底的人，當初在直播比賽時也沒有累積高人氣，僅僅只是那樣的理由我是不會同意的。」賽菲一如既往地面無表情，表現出一副冰山美人的態度。

「咳咳，你這樣說我確實沒辦法否認啦……但是你換個方向想想——」

被賽菲直白拒絕的當下，羅娜顯得有些尷尬。但隨後她又將椅子往前挪、更靠近賽菲一些，她雙手伏在餐桌上，壓低聲量對著賽菲說：「你說想要找更強而有力的副手也好，還是人氣更高的也罷，但你有沒有想過……倘若你找的人就是內奸呢？」

此話一出，本來打算不再理會羅娜的賽菲突然停下動作，屏住氣息後緩緩抬

起頭來看著羅娜。

一接收到賽菲的視線，羅娜就曉得自己說中了，她趕緊補充：「你想想看，現在整個聖王學園裡真有值得信任的人嗎？任何一個人都有可能是塔羅的內應，你真的想冒那樣的風險嗎？再說了，搞不好越有人氣或實力的人，越有可能是塔羅派出來的人啊！畢竟他們也想要獲得學生會的資源，更重要的，是為了接近薔薇王者的權杖！」

雖然至今少有人看過「薔薇王者權杖」，對普羅大眾來說，這就只是一個聽過這名字卻無人真正親眼見識過的、傳說般的存在。

但對聖王學園的學生而言，薔薇王者權杖與聖王學園關係緊密，聖王學園的學生會長甚至擁有一次可以一窺權杖真面目、並知曉它存放位置的機會。

羅娜的直覺告訴自己，如果讓塔羅那個該死的組織將薔薇王者權杖拿到手，不知道他們會做出什麼可怕的事情來！

「那妳又憑什麼讓我相信妳？是妳自己說的，聖王學園內每一個人都有嫌疑，包括妳。」賽菲聽完羅娜的話後，又反過頭來質問她。

「很好，懷疑得很好，就是要這樣才能找出內奸。」羅娜先是朝賽菲豎了一個大拇指，「但我跟你一樣，都是最不可能成為內奸的人。原因很簡單，因為我們都是被塔羅傷害過的受害者。」

羅娜說到此處，想起自己先前還欠賽菲一個道歉，不如趁此時一起說吧。

「話說回來……我好像……還欠你一個道歉。」

羅娜深吸一口氣，她向來不習慣跟人道歉，自尊心強烈如她、狡猾如她，總是不屬於低頭的那一方。

可是羅娜曉得，當初是自己說錯話、誤會了賽菲。她一直掛念著這件事，只是總沒有適當的時機可以開口。

聽到羅娜主動向自己道歉，賽菲一時間有些措手不及，瞳孔難得地微微收縮，並輕輕地倒抽一口氣。

「真是意外……妳突然道歉是什麼意思？」賽菲目光直直地注視著羅娜。

「欸？難道你忘了？」羅娜有些錯愕地反問。

「到底是什麼事？」賽菲依然不解地皺了一下眉頭。

這讓羅娜不得不主動提起之前的誤會：「就是那個啊……之前……呃，我不是在所羅門校長面前，對你說了很失禮的話嗎？就是……」

舊事重提讓羅娜感到有點彆扭，但最後她還是一鼓作氣地說了出來：「我不是說過嗎？你不了解塔羅，沒吃過塔羅的虧……那種話……」

羅娜越說越小聲，有些心虛地別開目光，沒有直接看向賽菲。

「那種小事，我早就忘了。」

「咦？」

聽見賽菲這麼說，羅娜整個人傻住了。

原來她一直掛心的事情，那些持續在心中發酵的自咎感，竟是自己的一廂情願而已？

那她這段期間都在煩惱什麼啊！

「不過，聽妳這麼說我也想起來了，看來是校長跟妳說了吧？還真是多此一舉。」賽菲只是平淡地帶過，隨即又道：「既然妳都道歉了，我就接受吧。另外——」

賽菲端起已經吃完的餐盤，站起身，「關於妳的提議，我就姑且給妳一個機會吧。」

「欸？真、真的？你願意跟我一起參選了？」羅娜喜出望外地睜大雙眼。

「妳若不想就算了。」賽菲背過身去，冷淡地回應。

「要！我當然要！那就這麼說定了，賽菲會長！」

羅娜欣喜地拍了一下桌子，她這麼一喊，讓周遭的人都忍不住看向她和賽菲。

「吵死了，妳非得那樣丟臉嗎？」賽菲沒好氣地回過頭，皺著眉頭回應羅娜。

「哎呀，這是宣傳！宣傳啦！」羅娜咧嘴開懷地笑著宣告，「各位同學，賽菲同學和小女子我即將一同參選學生會長跟副會長啦！請各位務必支持我們喔！」

如此大肆宣揚，一點也不把賽菲剛剛的話聽在耳裡。

就在此時，羅娜不小心發現了一件事。

當她向大眾宣布的同時，儘管賽菲背對著自己，但對方的耳根子卻徹底紅了。

看到這一幕的羅娜不禁在心底竊笑著：哎呀，看來我們未來的學生會長，其實是個比想像中還要容易害羞的人呢。

「羅娜同學，妳今天看起來心情似乎很好呢？」安莎莉和羅娜並肩走著，看著羅娜一路上都在哼著小調的模樣，好奇問道。

「嘿嘿，那是當然的啊，因為我可是要和目前聖王學園中最有實力的人一起參加學生會的競選呢！」羅娜直接了當地告訴安莎莉，興奮與期待滿溢於言表之中。

「什麼？妳要和賽菲同學一起參選？那個冰山的優等生賽菲答應妳了？」安莎莉有些吃驚地看著羅娜的側臉。

「是呀，怎樣？令人眼睛一亮的組合吧？」羅娜得意地笑了笑，像是在對著安莎莉炫耀。

「確實很讓人跌破眼鏡，第一名的優等生跟倒數第一的劣等生……啊，我不是故意要貶低妳的意思，我自己的成績也沒好到哪去，羅娜同學妳別在意！」

「沒關係的，小安，我是那種會把這種話放在心上的人嗎？況且我也知道妳只是在陳述事實，安啦！」羅娜拍了拍安莎莉的肩膀，反而要她別太在意。

「那就好，羅娜同學真是開朗呢……話說回來，妳又是如何說服賽菲同學的呢？」安莎莉湊近了羅娜，小小聲地在羅娜的耳邊詢問。

反觀羅娜只是勾起一抹神祕的笑。

「這是祕密，這可是我的獨門祕訣呢。」

「什麼嘛，羅娜同學真小氣。」安莎莉鼓起兩頰，做出有點氣呼呼的樣子。

「哈哈，反正妳會支持我們吧，小安？」

「當然會囉，妳可是我的朋友，怎麼可能不支持。只是……」安莎莉先是肯定地點了點頭，隨後又變成欲言又止的樣子。

「只是？」羅娜納悶地問向安莎莉。

「只是，你們有勝選的把握嗎？選舉的方針擬定了嗎？明天就是正式登記參選的日子了，政見什麼的也要一併提交耶。」

「唔，這、這個我會再和賽菲想辦法……」

被安莎莉這麼一問，羅娜本來勝券在握的氣勢，一瞬間被削減了不少。

「只是話又說回來……」

「幹、幹嘛？妳又有什麼話要說？」聽到安莎莉似乎又有話要說，羅娜不禁感到有些擔心。

「沒有啦，我只是覺得，最近好像很少在妳身邊看到巴哈姆特了？以前三不五時就會看到他待在妳身邊……咦？」

安莎莉的話還沒說完，就在無意間看到了一個令她感到意外的場面。

「說人到人就到，但是為什麼……」安莎莉就像是要看清楚似地推了推厚重的眼鏡，「為什麼妳家巴哈姆特會和宥娜同學走在一起……」

「小安，妳在胡說什麼啊？那頭老龍王怎麼可能跟宥娜……」

本想嘲笑一下安莎莉，沒想到當羅娜順著安莎莉的視線看去，果真見到了令她十分震驚的畫面。

「怎麼可能，巴哈姆特他怎麼會……」

難以置信——

她肯定是看錯了吧？

為何巴哈姆特會和宥娜並肩走在一起，而且好像在認真交談的樣子？

到底是怎麼回事！

「我、我去問個清楚……」

「等等，羅娜同學！」

正當羅娜要走向宥娜和巴哈姆特問個究竟時，一旁的安莎莉拉住了她。

「小安，妳做什麼啊？」被突然拉住的當事者，回過頭來皺著眉頭質問安莎莉。

「妳現在貿然前去，肯定問不出什麼啦。這種事情要私下找巴哈姆特問清楚比較好吧？」

安莎莉說出她拉住對方的理由，而這理由也很快地被羅娜接受了。

羅娜想了一下便回到：「這倒是，以那頭老龍王的性子，不會在大庭廣眾下跟我實話實說……」

「巴哈姆特是一回事，宥娜同學又是另一回事，妳覺得以她的個性會回答嗎？妳現在過去，只會在餐廳裡挑起紛爭，引來大家的側目而已。」

安莎莉替羅娜分析起狀況，羅娜聽了連連點頭：「確實是那樣沒錯……我說小安，妳其實很適合當分析師吧？難怪被選入學者系呢。有時候啊，我真的以為妳其實很老謀深算沒那麼簡單呢。」羅娜雙手交叉枕在自己的腦後，半開玩笑地問向安莎莉。

「別、別開這種玩笑了，我哪有妳說的那樣啦。」安莎莉愣了一下，隨即搖搖頭否認。

「嘛嘛，別緊張我只是開玩笑。妳說得沒錯，我今天會找時間把巴哈姆特叫過來，好好了解一下。」

羅娜先是對安莎莉笑了笑，下一秒目光再次看向已經逐漸遠去的巴哈姆特，神情瞬間變得凝重。

啊，真是麻煩。

明明還要處理和賽菲參與學生會長競選的事，現在還冒出巴哈姆特和宥娜的事情……雖然覺得十分困擾，但羅娜明白這並非等閒之事。

式神離開原本的御主，甚至是背叛御主這類的事情，並不是毫無前例。

雖然羅娜認為巴哈姆特不可能背叛自己，他接近宥娜一定有他的理由……可是只要一想起這陣子巴哈姆特躲避自己的行為，這份信念彷彿被小小地動搖了。

到底該怎麼做才好？

如何讓事情不要演變成最壞的情況？

羅娜深知自己必須想辦法處理，但是倘若真的那麼容易就好了。

揣測人心，比起阻止塔羅還要更難懂、更難防守啊……

「需要幫忙嗎？我的百合花？」

宿舍裡，法哈德走向正在書桌上忙著規畫選舉政見，以及和賽菲線上溝通作業的羅娜，溫柔地詢問。

「啊，沒關係，我和賽菲應該再花半個小時就可以搞定了。」羅娜一邊看著電腦螢幕，隨後又低下頭來忙著書寫，一邊回應著法哈德。

「那麼，另一方面呢？」法哈德突然話鋒一轉。

「哪一方面？」羅娜不解地問。

「關於巴哈姆特，我看妳似乎非常在意。」

「啊……喔……你看出來啦……」

在見到巴哈姆特和宥娜並肩而行的時候，法哈德其實是待在羅娜體內的，因此法哈德得知羅娜的在意一點也不奇怪。

「巴哈姆特至今未歸，妳也在想著該如何跟他開口詢問吧？」

「嗯，我在想到底是為什麼，但又怕刺激到他，讓他誤以為我在懷疑他……」

羅娜心知，最近和巴哈姆特之間的關係本就有點緊繃，她可不想再節外生枝，讓巴哈姆特誤會了。

「是因為……我的緣故嗎？」

「咦？」

沒想到法哈德突然冒出這句話，讓羅娜感到頗為意外。

「我知道，在和妳舉行完結婚儀式後，巴哈姆特就刻意地避開妳。我想，應該是無法接受吧。」

法哈德說得淡然，也讓羅娜更為感慨，她不禁問道：「我實在不明白，都跟他解釋過了，為何那頭老龍王還是那樣……」

「或許，跟他的過往有關吧？我記得，巴哈姆特最早在全盛時期的時候，是SSR等級的龍王。後來因為某種原因，才讓他衰弱成如今的樣貌跟實力？」

「嗯，的確像你說的那樣……但，這又和現在的情況有什麼關係呢？」羅娜再次不解地將問題拋向法哈德。

「很可能是強烈的、專屬於龍族的自尊讓他無法接受吧……加上過去那段意外，讓巴哈姆特更容易懷疑自己。不過，這些也都只是猜測而已，詳細情形只有當事者才會清楚。」

「嗯……」一邊聽著法哈德的話，羅娜一邊沉思著。

「這麼一來，有稍微替妳分憂了嗎？我的百合花。」

「算是……有吧。至少我好像找到了一點方向……只是法哈德，那你呢？」

「我？」

「是啊，你又有著什麼樣的過去呢？我一直很好奇，但你從不主動提起。也

許是因為這樣，我對你總是存在著一種彷彿隔著神祕面紗的距離感吧。身為你的御主，我能聽一聽你的故事嗎？」羅娜認真地把話題轉移到法哈德身上，正色地詢問。

「呵，這可以解讀成是想要了解我嗎？」法哈德笑了一下，「我的百合花，妳終於開始對我產生興趣了？」

「隨便你怎麼想，就當我想要了解你好了。說吧，我一直對你的過去十分好奇。」

羅娜回憶起父親曾經透露過的一點點訊息……法哈德的靈魂最初沒有轉化成式神，而是一直屬於「沉睡」的狀態，僅管很多人嘗試用召喚或靈學的方法將他轉換成式神，卻從未成功。

但那是在法哈德被冠上「深淵魔王」這一稱呼之後的事了，她想了解的，是更久遠以前，法哈德之所以被稱為魔王的原因。

「妳想了解的，是我成為世人眼中魔王的過去吧？」法哈德再度微微一笑對著羅娜問道。

「唔，既然你知道的話，就快說吧。」羅娜聳了聳肩膀，催促著法哈德。

「呵，還真是不可愛呢，這是求人該有的樣子嗎？」法哈德輕輕地笑了笑。

「那你希望我表現出怎樣的態度？」

「想了解我的過去，那就讓妳好好體驗一下吧……如何，願意嘗試嗎？」

聽到法哈德這麼說，羅娜微微瞇起雙眼，用充滿懷疑的眼神盯著法哈德，過了一會才答：「你這魔王該不會又想玩什麼花招了吧？」

「呵，真不愧是我的百合花，果然如此地了解我。如何？可以順便解解悶呢。」

「解悶啊……好吧，我現在確實需要轉移一點注意力。」

羅娜嘆了一口氣，雖然心裡明白法哈德的解悶方法一定不單純，那傢伙可是魔王啊，但目前羅娜已經不想再思考那麼多了。

「那麼，妳算是答應了？在過程中，可不能隨意喊停喔。」

「聽你這麼說，我真是越來越懷疑你究竟要做什麼了，我能現在喊停嗎？」

羅娜雙眼再度瞇成一條線，狐疑地盯著法哈德。

「來不及了呢，我的百合花。」

法哈德突然用手覆蓋在羅娜的雙眼上，失去視覺的瞬間，羅娜還沒反應過來，就聽法哈德在自己耳邊低聲說：「接下來，妳會看到我的過去……我在成為你們口中的『深淵魔王』之前，最赤裸、最真實的過去——」

伴隨著低沉且充滿魔魅的磁性嗓音，羅娜眼前的黑暗逐漸明亮起來。當她重新獲得光明時，所見到的景象已然與自己原本身處的宿舍截然不同。

「這裡是……？」

羅娜眨了眨眼睛，看著四周變換的景象，她發現這裡似乎是一間相當奢華富麗的房間，只是房間裡沒有窗戶，到處都透露出一種空虛的感覺。

羅娜心想，自己應該不是瞬間移動來到這裡，而是法哈德對自己使用了幻術。眼前所見，應該就是法哈德的「過去」發生的所在地。

「這裡是我過去居住的地方，不，應該說是——被囚禁之處。」

羅娜現在只能聽見法哈德的聲音，卻看不見他的身影。

「被囚禁？等等，你的意思是——」

羅娜有些意外地睜大雙眼，她剛剛沒聽錯吧？

法哈德被囚禁？

那傢伙竟然被囚禁過？

實在難以想像，但又不得不相信自己親耳所聞的話語。

「這是我成為『魔王』的開端。」

法哈德的聲音變得嚴肅起來，少了平常那份游刃有餘的從容，羅娜知曉這一切真相或許不是那麼令人愉悅。

法哈德接續說：「如妳所見，我過去所居住的地方相當地富麗堂皇，生活可說是十分優渥……至少在物質層面上是這樣。而這一切，都是源自於我的父親。」

「你的父親？那你的父親是一個怎樣人啊？」聽到這裡，羅娜不禁好奇地問道。

只是她沒料到，接下來會從法哈德的口中聽到這樣的答案——

「我的父親，是當時一個小國家的王。」

「什、什麼？你的父親是國王？這麼說來，你不就是王子了嗎？可是我怎麼完全沒聽你說過……」羅娜訝異地驚呼，這可真是出乎她的意料。不過也難怪法哈德身上總散發出一股優雅的王者氣息，看來真是與他的皇室身分息息相關！

相對於羅娜的訝然，法哈德卻只是略帶苦澀地笑了一下，笑意中更是隱約含著嘲諷的意味。

「呵……事情並非如妳想得那麼單純。實際上，我只是國王的私生子。」

「私生子？」

本來就驚訝於法哈德的皇室身分，現在又聽到法哈德說出自己是私生子，更讓羅娜的腦袋一時間轉不過來。

「但、但就算是私生子……那個，怎麼說呢……至少你的父母還是給了你優渥的生活環境……」

羅娜看了一下周遭，確實是金碧輝煌，至少法哈德應該得到了不錯的照顧吧？

「若真像妳說的那樣就好了呢，我的百合花啊……」

當法哈德這麼說時，羅娜立刻就感覺到自己似乎猜錯了，而且很可能還錯得離譜。

她正打算再次開口時，這座房間裡唯一的一扇門，突然自動緩緩開啟……

「法哈德？」

走進來的身影，正是一直只聞其聲、不見其人的法哈德。只是讓羅娜覺得困惑的，是為何法哈德手裡持著一條皮鞭？

「我的百合花，妳說過想要消除煩悶、轉移注意力，對吧？？」法哈德對著羅娜勾了勾嘴角，淺淺一笑。

「呃，我是那樣說過沒錯，但你該不會是想……」

看著那條鞭子，羅娜心裡大感不妙。

「呵，放心吧，我不會讓妳感到疼痛的，取而代之的……會是甜蜜的快感。」

法哈德朝羅娜曖昧地笑了笑，他一步步逼近，羅娜則一步步感到害怕地後退。

「曾經在次處手執皮鞭之人，就是我的母親。」

「什、什麼？」本來還在幻想著法哈德會對自己做什麼，但一聽到對方這麼說，羅娜又從桃色旖旎的幻想中被拉了回來，十分錯愕地問道。

「瞧妳驚訝的樣子，很難想像嗎？」法哈德走到羅娜跟前，輕輕地撫摸著手上的皮鞭。

「所以……你當時是被自己的母親……虐待嗎？」

羅娜一邊問著，一邊發現自己已經退無可退，腳後跟撞上一個堅硬的物體，稍稍回頭便看見那張看起來相當奢華的柔軟床鋪。

「母親她啊，長久以來僅僅只能獲得物質上的贈與，生下我之後卻再也沒有受到父親的憐愛與關懷，就連要見上父親一面都十分困難……」法哈德彷彿在說著一個事不關己的故事，同時一步步往前，順勢將羅娜壓倒在床上。「因此，母親把失去父親的垂愛這件事，都發洩在我身上……用這皮鞭，一次又一次地撻在我身上，以此獲得短暫的快樂和報復的快感。」

「唔……」

法哈德這麼說時，被他壓在身下的羅娜一時間不知該如何反應。她該掙扎嗎？但目前這處境好像有點困難。她該表示同情嗎？可是法哈德又明顯意圖不軌地將她壓倒在床上。

「我的母親，我既同情她也厭惡她。當她崩潰哭泣時，我都會忍不住怨恨起我那無情的父王；可是久而久之，看著她那張哭喪醜陋的臉，我也感到厭倦噁心了。」法哈德用低沉的嗓音娓娓道來，他的手卻不安分地將皮鞭纏上羅娜手，趁

羅娜還未反應過來時將她綁住。

「喂，法哈德，你這傢伙別給我玩這套……」

羅娜雖然聽著法哈德悲慘的過去，但她無法忍受對方正對自己做的行為。她用力地想扯開皮鞭，可是卻出乎意料地綁得死緊。

「我的百合花啊，妳知道在那之後，我為了擺脫這令人心生厭惡的人生，又做了什麼嗎？」

「我怎會知道啊！我都說了，快放開我啦……」

比起探究法哈德究竟做了什麼，羅娜更想趕快從這人的身下掙脫出去。她十分篤定，只要繼續下去，原先她幻想的旖旎場景很快就會變成實現。

「我——親手終結了『他們』的生命。」

在法哈德吐出這句話的當下，羅娜訝異地倒抽一口氣。

「別懷疑，我就是那樣地親手結束了他們那可悲的人生……」

法哈德一邊用皮鞭控制住羅娜，一邊騰出另一隻手輕輕撫摸著羅娜髮鬢。他的動作如此溫柔，神情卻那般傷悲，看得羅娜實在不知該如何應對。

「那一晚，哭泣瘋狂的母親一如既往地來到此處，鞭打我以獲得短暫而殘忍的滿足。那次，鞭撻的時間特別漫長，皮鞭噬吻皮膚的感覺也特別疼痛，不過那樣一來，我的心彷彿也能稍稍贖罪一些……」

法哈德的語氣，還有他訴說的往事，都讓聽聞者感到悲憫與難過。但羅娜依然不曉得該如何是好，她只能靜靜地讓法哈德繼續說下去。

法哈德將臉蹭著羅娜的頸側，她能感覺對方正用鼻梁摩挲著自己肌膚，癢癢的，卻也讓她的內心莫名地騷動，好似有什麼被引誘了出來一般。

「在母親徹底宣洩後，我拿著預先藏好的小刀，一步步走向背對著我持續哭泣的母親……」

法哈德突然整個人重壓在羅娜身上，使她頓時感到難以呼吸，彷彿快要窒息。而纏繞在另一手上的皮鞭也勒得更緊，讓羅娜覺得有些疼痛。

「我默默地站在她的背後，不帶任何一絲感情地朝她的脖子劃了一刀——」

話音落下，法哈德刻意地朝羅娜的脖子咬了一口。

「疼！」

羅娜痛得緊閉雙眼，眉頭都糾結在一塊。這一下法哈德一點也不留情，彷彿真的想要咬破她的血管一般。

正因如此，羅娜幾乎可以鮮明地感受到當時法哈德母親的痛楚……

只是這份痛楚比想像中還快就消失了，讓羅娜得以暫且喘口氣。在她睜開雙眼之前，卻聽見了有什麼正在燃燒的聲音。

滋滋作響，火焰焚燒的聲響。從最初細微的聲音，很快轉為轟然巨響。羅娜

睜開雙眼，眼前頓時陷入一片熊熊燃燒的火海之中，豔紅的火光恣意蔓延燃燒，近乎遮蔽了羅娜的視野。

「這……」

羅娜錯愕地看著前方，她能感覺到法哈德站在自己背後，與她一同觀看這炙熱的一幕。

「我把那座華麗的小小牢籠——燒毀了。」法哈德溫柔地回答羅娜。他的音色舒坦又輕柔，甚至還帶著一點愉悅，完全無法想像他竟是造成眼前慘劇的罪魁禍首。

羅娜愣愣地轉過頭去看著法哈德，一時間驚訝地說不出話。

「妳看，另一個地方，也綻放著美麗的火海呢。」

順著法哈德指尖的方向看去，羅娜一轉頭，就見敞開的大門後面，正燃著更為奪目駭人的火海。

那是一座偌大的建築物，外觀華美且氣勢磅礴。精緻的雕塑沿著巨大的柱身攀附其上，金碧輝煌的壁畫沿牆綿延數里，黃金綴飾的拱型屋頂在火光的照耀下散發出妖豔的光芒。

那顯然是一座皇宮。

皇宮？

羅娜很快就意識到，那座陷於火海的皇宮……

「那是我那不負責任又冷酷無情的生父，所建造的皇宮。」法哈德遙望遠方，表情柔和地欣賞著被火焰圍繞著的宮殿。

「你不僅殺了自己的母親，還燒了皇宮？你知道皇宮裡還有別人嗎？不只有你的父親啊！」羅娜難以置信地睜大雙眼看著法哈德。

「嗯，我知道。但我當初做的遠遠不止如此。」

「什麼……」

「我那時候好像終於從壓抑許久的憤怒與不甘中被釋放出來，我不止憎恨我的雙親，更厭惡著那個男人一手建立起來的國家。」

說到這裡，羅娜好似隱約知道法哈德究竟做了什麼了。

「在那之後，我近乎殘忍地摧毀了這個國家。」

「你瘋了嗎……你這個魔王！」

羅娜倒抽一口氣，雖然在此之前，她多少對人們口中的「深淵魔王」有所了解，但原以為這只是形容他在靈力與戰鬥上的表現。

「『魔王』嗎？確實，這個稱呼好像就是從那個時候開始流傳的。」

法哈德微微一笑，笑得雲淡風輕，彷彿一切事不關己。

原以為法哈德會讓自己繼續看下去，但隨著痛覺逐漸消失，羅娜再度睜開雙

眼時，已經又回到了原本的宿舍。

這一切不過是法哈德的幻術。明知只是幻覺，羅娜仍從法哈德從容冷酷的臉上看出那是一段真實的過往。

「法哈德……」

羅娜看著緩緩坐起身的法哈德，眼簾低垂。她想說些什麼，但心底其實也明白，法哈德並不需要任何同情或廉價的安慰。

「這就是我的過去，如今妳已經知道了吧？我的百合花。」法哈德坐在羅娜身邊，一如既往用專屬於羅娜的溫柔笑容問著她。

只是在羅娜眼裡，法哈德越是溫柔，羅娜越是有些不忍。

雖然法哈德的行為確實非常殘忍，甚至是過於瘋狂。但身處於那樣悲慘疼痛的過去，這個結局確實是情有可原。

但羅娜想要知道他的心情。

「你曾後悔過嗎，法哈德？我……真沒想到會是那樣……抱歉，還特地要你說出來……」

「為什麼要後悔呢？後悔也無法改變任何事實。」

的確很像是法哈德會說出的回答，羅娜在心裡想著。

隨即她又想到一件事：「對了，你不是人造人嗎？怎麼會有聽起來像是人類

的過去？」

儘管法哈德的過去很令人同情，可是羅娜還是對此十分困惑。

「準確來說，我算是半個人造人。」

「半個？」羅娜一臉不解。

「我的百合花，妳以為我當時做了那些事後，沒有得到任何『報應』嗎？」法哈德接續說：「那時候我被來自父親的軍隊與友邦聯軍圍剿，已有魔王惡名的我不僅讓那些高高在上的王族害怕，連平民也對我十分恐懼。他們將我捕獲處刑之後，似乎擔心我會陰魂不散。因此用了些手段，讓我連靈體都灰飛煙滅。只是後來他們不小心遺留了一點點的靈魂碎片，而妳的父親就是利用這僅存的一點靈魂碎片，加上靈學的輔助，將我重新創造了出來，變成如今妳所看到的模樣。」

「原來如此……只是父親對外都說你是人造人，大概只是不好解釋你的來歷？」

「或許是這樣吧。」法哈德輕輕地聳了一下肩膀

羅娜感到有些抱歉，任誰遭遇過那樣的往事，理當不太願意回想甚至分享吧。反觀法哈德，面對羅娜的道歉，身為當事者的他反而伸出手來，摸了摸羅娜低垂的頭顱：「別這麼說，這又不是妳造成的。話又說回來——我的百合花啊，我能將妳的行為解讀成妳想要更加深入瞭解我嗎？如果是，那我還真是榮幸呢。

這對我來說何嘗不是一件值得開心的事？」

「法哈德……」

被法哈德輕柔地撫摸著頭，羅娜嘆了一口氣，有些不好意思地回應道：「你真的很會撩妹。」

「呵，承蒙讚美，但如果真的能奪取妳的芳心，那就更令人愉悅了。」

「你啊……在某種層面上來說，還真是個『魔王』呢……」羅娜苦笑了一下。

「若是百合花願意這樣定義跟解讀，我十分欣喜。」

法哈德又是淺淺一笑，本就超乎常人的俊美面容，搭配上這抹笑時，就顯得更加迷人了。

「夠了，別再撩我了。我該快點回去跟賽菲討論參選政見的內容了。」羅娜撥開法哈德的手，站起身，「搞定政見後，我還約了賽菲要去調查塔羅的內應呢，先去忙了。」

「那麼，妳知道該如何處理或該用何種心情去面對巴哈姆特了嗎？」在羅娜準備走向書桌繼續忙於工作前，法哈德叫住了她。

面對法哈德的提問，羅娜沉默了一下，最後才緩緩回答：「我想，不管怎樣，我都相信巴哈姆特。」

「能聽到這樣的答案，我也算是放心了。這才是妳的風格，我的百合花。」

法哈德肯定地點了點頭。

羅娜回以法哈德一個微笑後，便繼續埋首於學生會長選舉的事情上。

只是當時的羅娜並不知曉，今晚，她將迎來一個完全出乎自己意料的情況。

第二章

Scepter of Rose King

「呼哈……今天真是累人……」羅娜舉高雙手，伸了個懶腰，打了一個大大的哈欠。

她正準備拖著疲憊的步伐，往床上呈現自由落體倒下之際，忽然一道聲音從後方叫住她。

「羅娜，今晚可以跟妳討論一件重要的事情嗎？」

「有什麼事可以明天再說嗎？巴哈姆特，我好想睡了……」

羅娜實在不想在這時候談論任何事情，現在的她只想好好睡上一覺。

「不，我現在就必須跟妳說清楚。」巴哈姆特一反常態，異常堅決地要求羅娜。

羅娜皺了一下眉頭，不解地回過身，納悶地雙手抱胸問向巴哈姆特：「你到底想跟我說什麼？」

大概是因為過於疲倦，濃濃的睡意使羅娜的脾氣變得有些暴躁，讓她語氣不悅地質問巴哈姆特。

同時，她也隱約察覺到，今天的巴哈姆特十分奇怪。

「我好不容易才下定決心，倘若今晚不說清楚，我就很難再往前進一步。」

巴哈姆特的臉色十分凝重肅穆，這份嚴肅的神色讓羅娜看得有些一頭霧水，心裡莫名地產生了些不好的預感。這促使羅娜決定暫且拋開睡意，聽聽巴哈姆特

的說法。

「說吧，你想跟我談什麼？」

羅娜嘆了一口氣，維持雙手抱胸的姿勢，一屁股坐到了床鋪上。

巴哈姆特則走向她面前，拉了一張椅子，慎重地坐了下來，雙手交叉成拱門狀，放在自己的大腿上。

很少看見那個平時有點吊兒郎當的巴哈姆特如此鄭重，羅娜心中的不安越來越強烈。

「聽我說——御主，本龍王想和妳解除式神契約。」

咦？

她剛剛……聽見了什麼？

巴哈姆特的這句話，讓羅娜心中醞釀已久的烏雲頓時下起傾盆大雨，她的腦海中雷電交加，巨大的衝擊彷彿要將她的一切徹底摧毀、崩塌。巴哈姆特……那個一直以來守護著自己，且她最為信賴的巴哈姆特……居然當著自己的面前說出要解除契約這種話？

不知過了多久，又或許只過了數秒，羅娜僵在原位上什麼話也說不出來，也無法做出任何反應。

直到巴哈姆特再次重申：「御主，我想跟妳解除式神契……」

「你開玩笑吧！」

在巴哈姆特把話說完前，羅娜便強硬地大聲打斷。她握緊雙拳，身體開始不由自主地微微顫抖：「你、你、你怎麼可能……怎麼可能會說出那種話……全世界所有人都有可能對我說出這種話，唯獨你不可能！」

「羅娜，我——」

「我知道了！這、這是在開玩笑？還是又是你們想戲弄我的惡作劇？我告訴你，你目的達成了，我的睡意完全沒了，夠了吧！」

羅娜還是不給巴哈姆特把說完話的機會，她直指著巴拉姆特，嘴角逞強地乾笑著。

「這不是在開玩笑，羅娜，聽本龍王說……」

「你敢！你竟敢說這不是在開玩笑？」

羅娜的聲音開始帶點沙啞，除了憤怒之外，還帶著更多錯愕與混亂，以及不願也不想接受。

「你怎麼敢……怎麼敢對我這樣說？就算是開玩笑，也太過分了……」

羅娜的聲音變得零落哽咽，她完全不想面對眼前這令人無法招架的局面。

記得上一次，自己這般手足無措的時候，是面對著陷入一片無情火海的房子。

她從沒想過，這樣的感受竟會再一次體會到……還是由自己最信賴、最重視的巴哈姆特造成的。

「羅娜，本龍王知道，妳一定無法接受。」

巴哈姆特神情凝重，但即便看著羅娜難受的表情，他也沒有停下來的意思。

「這是本龍王深思熟慮過後的……決定。」

「什麼叫你深思熟慮過後的決定？這算哪門子的決定？」羅娜睜大雙眼瞪著巴哈姆特，手毫無章法地用力一揮，「深思熟慮個屁，誰會深思熟慮後挑大半夜人家的睡覺時間來談解除契約？你根本就是故意的！」

「本龍王說過，若不這時間跟妳說清楚，再過一夜，難保我的決心不會動搖。」

「那就是你自己的決心不夠堅定！再說，為什麼要跟我解除契約關係？你的腦袋燒壞了是不是！」羅娜再次不客氣地直指巴哈姆特，她現在完全不想聽對方多說一句話。

解除契約關係？

如此天方夜譚的話他竟敢說出口？

是不是活膩了臉皮太厚了！

還是老龍痴呆症了！

羅娜是越想越氣，「總之，我是不會聽你繼續胡扯下去……」

這回話還沒說完，羅娜就被巴哈姆特一把抓住，強硬地將她推到牆上，「咚」的一聲將手用力地捶在羅娜耳邊。

「本龍王不是在跟妳胡扯，羅娜。」

巴哈姆特的雙眼炯炯有神，沒有憤怒，卻有著強烈的、無以名狀的情緒，龍王的霸氣一時間竟震懾住了羅娜。

看著羅娜呆傻在原地，巴哈姆特深吸一口氣，再度認真地對著羅娜說：「我認為，現在暫時解除我們的契約，對妳我來說都是最好的。」

「最好……的？」羅娜愣了愣，接著反問巴哈姆特：「到底哪裡好了？你該不會……是因為我和法哈德假結婚以後，你就——」

「我承認，那是其中一個原因，可那絕對不是讓本龍王下此決定的主因。」

「那又是為了什麼？我根本想不到其他可能了啊！」羅娜不明白地注視著巴哈姆特，直到現在她的腦袋仍是一片混亂。

「這……我還不能告訴妳。」

「哈啊？不能告訴我？」

「因為本龍王也無法確定，那麼做到底是不是對的……」

「你真的很奇怪！巴哈姆特，你是痴呆犯傻嗎！」

羅娜氣得想用力推開巴哈姆特，但巴哈姆特再怎樣也是比自己高大的男人，光是對方的體重就有羅娜的近兩倍，縱然她再生氣也推不開這頭讓自己快氣急攻心的龍。

「不管是為了什麼，為了一個連你自己都沒有把握的理由，你就要跟我斷絕契約關係？這是什麼邏輯？」

羅娜很是傻眼，明明平時聰明又狡猾的巴哈姆特，竟為了一個自己都不確定的理由，向她提出如此無理的要求？

只是，她也更為好奇巴哈姆特那個不能說出口的理由了。

能讓巴哈姆特沒有把握，卻不惜要做到這種地步的理由，究竟是多麼重要？

「妳能言善道的能力又更上一層樓了，羅娜。沒錯，這點本龍王確實說不過妳。」

「既然如此，你又為何要堅持這麼做？」

儘管很想知道為什麼，可羅娜也不是不了解巴哈姆特的性子，只要那頭固執的龍王決心不說，就絕對不可能說出口。

「正是因為本龍王認為有那樣的必要，即便沒有十足的把握，但也值得一試了。」

「你是在講人話？還是龍族語言？我怎麼一句話都聽不懂。」

巴哈姆特的回答，聽在羅娜的耳中，簡直是胡言亂語。

「若是成功了……往後妳就會明白本龍王的苦心了。」

巴哈姆特嘆了一口氣，他現在能說的就這麼多了。他明白要讓羅娜理解很困難，可是哪怕只是一點點，這一點點的機會他都要爭取看看。

「呵，你還真是堅決……看來沒辦法改變你的主意了，對嗎？」從一開始完全無法接受，到現在已經有些疲累，羅娜再次無力地嘆了一口氣問向巴哈姆特。

「我真的希望，你清楚自己在做些什麼，巴哈姆特。」

「本龍王說了，這是經過深思熟慮且根據現在情勢判斷之下才做出的決定。」巴哈姆特再次肯定地重申。

「你堅持要與我解除御主和式神之間的契約關係？縱使我不願意？」

「是的，本龍王很清楚妳不會願意。但我還是要再問妳一句。」

「你想問我什麼？」羅娜眉頭挑了一下，納悶地問。

「本龍王只問妳一句話——羅娜，妳相信我嗎？」

巴哈姆特本就比平時還要嚴肅的神情，此刻更為肅穆，就好像接下來的每一句話都是神聖且莊嚴的證詞。

很少看到這樣的巴哈姆特，羅娜不禁微微一愣。她下意識地嚥下一口口水，莫名地開始感到緊張。她不明白巴哈姆特的意圖，但她還是認真地作出回答：「我

當然相信你了，巴哈姆特。」

但她隨即又說：「可我還是不知道你究竟……」

「只要妳相信我那就夠了，羅娜。」巴哈姆特沒給羅娜把話說完的機會，直接打斷道，「請妳務必，算是本龍王拜託妳了——無論如何，請相信我直到最後一刻。」

「巴哈姆特……」羅娜呢喃著對方的名字，她很意外，也顯得十分不知所措。眼前這個比誰都還要驕傲、有著龍王高傲自尊的巴哈姆特，竟然會低下頭來，對她如此誠懇謙卑地請求？

到底是為了什麼？

是什麼目的讓巴哈姆特寧願屈就、咬著牙拜託自己也要達成？

除此之外，羅娜還感到有點心痛。

她替巴哈姆特感到難過，她從來沒見過巴哈姆特為了某件事執著到這種地步……也許正是因為他身為龍王，總算讓她見識到龍族傳說中的超凡固執。

羅娜深吸一口氣，沉默了一會，像是在內心裡掙扎了很多很多次，最後她才勉強又問了一句：「告訴我，巴哈姆特，如果解除式神契約，你會成為我的敵人嗎？」

雖說御主和式神解除契約並不少見，很多人會因為種種原因，比如御主自身

靈力不足以供應式神，或者式神跟御主的理念不合等等。

「妳還真是問了一個十分敏感的問題啊，真不愧是妳呢，羅娜。」巴哈姆特苦苦一笑，看起來有些無奈。

看到巴哈姆特這樣的反應，羅娜心中了然，她直接替巴哈姆特說出了答案：「言下之意，是你將會成為我的敵人？」

「別把話說得這麼肯定，而且妳怎麼會有那樣的想法？」

面對巴哈姆特的反問，羅娜乾脆地說出自己的猜測：「因為我看到你和宥娜待在一起。」

聽到羅娜這麼說，巴哈姆特沒有露出意外的表情，僅僅只是平淡地回道：「這樣啊，被妳看到了是嗎……反正本龍王也沒有要隱瞞的意思。」

「我知道，你要是真心想隱瞞，就不會那麼坦蕩蕩地在學生餐廳裡被我見到了。」

「既然妳這麼了解我，那還怕本龍王會成為妳的敵人嗎？」

「正因為了解你，所以我才更擔心。」

「羅娜——」巴哈姆特一手按在羅娜的肩膀上，加重了一點力道，「妳明明知道我不會做出傷害妳的行為。」

「可是，你確實有可能成為我的敵人，對吧？」

羅娜質問巴哈姆特的時候，聲音流露出一聲小小的哽咽，眼眶之中也開始有水光流轉。

「羅娜，我說了，我不會『真正』傷害妳，就算是那樣也僅僅是為了未來的計畫——」

「那就結束契約關係吧，巴哈姆特。」羅娜用強硬的態度和冷冰中卻帶點顫抖的聲音，打斷了巴哈姆特。

「羅娜……？」忽然聽見羅娜這麼說，巴哈姆特當下有些措手不及，愣了一下。

「我想看看，你到底想做什麼。」

羅娜深吸一口氣，她強忍著泫然的衝動，她不想在巴哈姆特的面前情緒潰堤，更不想讓道別充滿淚水，顯得自己狼狽不堪。

「巴哈姆特，你既要我相信你，又可能在將來成為我的敵人——可是啊，我實在太想知道你不惜做到這種地步也要實行的『計畫』了。」羅娜接著說：「為此，我願意讓步。」

說出這句話後，羅娜明明是想對著巴哈姆特綻放出一抹高傲的笑容，但事與願違，她的確嘴角上揚，眼角卻不知不覺落下了一滴眼淚。

「我會放手的，巴哈姆特。我會盡我的努力相信你直到最後一刻。但是，我

不可能完全不動搖。」

羅娜一直努力地笑著，眼淚卻不斷地滾滾流下。

「羅娜，我……」

看著羅娜的淚珠一顆顆滾落，滾燙的淚水滴在巴哈姆特手臂上，那灼熱的溫度彷彿也燙傷了巴哈姆特的心，讓他感到胸口一陣隱隱作痛。

他想伸出手，想輕輕撫去羅娜臉上的淚痕，但羅娜別過頭去，抽抽噎噎地吸了吸鼻子，回以堅定又不服輸的表情，對著巴哈姆特說：「不要對我太好——已經要和我斷絕式神關係的人，對我太溫柔只會讓我徒增難受。」

勉強讓自己裝出強硬的模樣，她絕對不能在巴哈姆特面前徹底崩潰。

這樣，不止自己離不開……

巴哈姆特也會被動搖決心吧？

雖然不知道是為了什麼，可她還是默默地選擇相信巴哈姆特。

「真是……很好的一個理由呢。總是愛逞強的御主啊……不，該改口叫前御主了……」巴哈姆特看著羅娜，不捨地抽回本要安撫對方的手，再度綻放苦澀一笑。

「是，你趁早習慣吧，巴哈姆特。」

儘管眼眶裡還含著淚水，羅娜的雙眼仍堅定地注視著對方。

「遵命，我的……御主。」

巴哈姆特往後一退，騰出空間讓羅娜重新恢復自由。羅娜則稍稍往前一步，背對著透進冷冷月色的窗口，在巴哈姆特的視線之中，她緩緩地舉起手來，對著他攤開了右手手掌。

「現在開始，我，御主羅娜——將正式解除與式神巴哈姆特的契約。」

只能這麼做了。

縱使心痛以及有一百個不願意也只能這麼做了。

羅娜告訴自己，在解除契約之後，她絕對不能再為已經失去的式神流下任何一滴淚。

「你已經做出選擇了呢，巴哈姆特。」

一道冷冰的女性嗓音傳了過來，對方看著巴哈姆特的視線同樣冷冽無情。

「本龍王向來說到做到……」巴哈姆特有些逞強地笑了一下。

「哼，不過就是解除式神契約，就讓你消耗成這樣了嗎？真是比我想像中的還脆弱呢。」少女冷哼一聲，不屑地冷冷看著一臉疲倦的巴哈姆特。

「雖是那樣說，但這不也是妳希望的結果嗎？妳還是想要和我締結契約對吧——宥娜。」

巴哈姆特坐在椅子上，蹺著二郎腿，臉上雖然有倦容，但面對宥娜的冷冽的態度仍表現得一副游刃有餘。

「你只是我想要更接近羅教授的一個踏板，沒道理羅教授當年的式神，是屬於那個無能的女人。」宥娜皺了皺眉頭，雙手抱胸回應巴哈姆特的話。

「哈，那就看妳有沒有辦法超越妳口中那個無能的女人了——讓本龍王變得更強，強大到可以回復最初鼎盛時期的狀態吧。」巴哈姆特傲然地咧嘴一笑。

「你認為我是什麼人？」

宥娜依然維持著她向來高冷的姿態，一手指著巴哈姆特，一手扠著腰，用那張與羅娜看似相似、仔細端看卻又不盡相同的臉孔，面向著巴哈姆特：

「我，宥娜，可是最傑出的御主——臣服於我吧，龍王巴哈姆特。」

第三章

Scepter of Rose King

一個人在宿舍寢室裡，手持著武士刀，面對著牆壁，一次又一次不斷地揮動刀身。在別人看不到的時候，她總是在獨自修行，她的眼神堅定，沒有雜念。

她非常清楚自己要的是什麼。

變強。

變得比過去的自己更強。

變得強大到可以讓世人都臣服自己，強大到可以徹底取代那個不必要的愚蠢存在，強大到讓「那個人」也能認同自己。

就算「那個人」已經不在這個世界上了，她還是想要證明自己的價值。

「只要讓全世界都認同我——您一定也會認同我的吧？」

面對著純白無垢的牆壁，她用力挺直身子，迅速又俐落地揮下一刀。

「呼……您看，如今的我已經得到了龍王巴哈姆特，擁有您曾經締結過契約的式神……我的努力有被您看到嗎？」

一次次揮動手裡的武士刀，隨之揚起又落下的，還有她為了練武而綁起來的黑色馬尾，長長的髮尾隨著她的動作舞動飛揚。

隨著練習時間加長，她開始微微喘著熱氣，兩頰泛起紅潤。

忽然間，她像是突然警覺到什麼，一個轉身，剎那間就將手裡的武士刀揮向右側！

「哎呀呀，好險，妳是真的想要我的命嗎？」鋒利的武士刀僅差一點就要直接切割下對方的頭顱，讓鮮血沾染乾淨的刀身。

「哼，對你我不需要客氣，真要了你的命也沒什麼。」將武士刀放下後，她還是冷冷地回應。

「宥娜，妳還真如『皇后』所說的一樣呢。」

「別搬出皇后來跟我說話，『隱者』……還是你希望我直呼你的本名？」宥娜不以為然地說道，她轉過身，拿起布擦拭著武士刀的刀刃。

「還是不要比較好，妳知道我在聖王學園裡的任務，要是隔牆有耳被聽到就麻煩了。」對方聳了聳肩，搖搖頭。

「哼，這倒是個合理的理由。那麼，你來幹什麼？身為『隱者』，你應該清楚自己的職責並不是來找我聯絡感情吧？」宥娜又道：「況且，假使皇后要傳話給我，也不會叫你來。說吧，為了何事找上門？還偷偷摸摸挑這時間。」

「真不愧是宥娜，直覺真是敏銳。」代號隱者的人，笑了笑後道，「雖說不是皇后要我來傳話，但我的確有一件答應她要做到的事。」

「你答應她什麼？再說是你答應她，關我什麼事。」

「宥娜啊，妳還是不明白嗎？」隱者嘆了一口氣後道：「妳當真不曉得我是

為了說服妳而來？」

「如果是要我去參選無聊的學生會長競選，你可以回去了。」宥娜冷冷地說出這句話，完全不給對方面子。

「宥娜，妳如果拒絕的話，妳會後悔的。」

在宥娜豪不猶豫地拒絕了隱者之後，他似乎早就意料到，只是平靜卻又篤定地說出這句話。

「我有什麼好後悔的？」宥娜冷淡地反問。

「學生會長的選舉，妳還不知道這次有誰要參選嗎？」

「哼，我沒興趣。」

本想掉頭就走，打算無視隱者之際，宥娜卻聽到這樣的話語。

「羅娜——她也參選了。」

在某個關鍵名字出現後，宥娜明顯地動搖，停下了本來要邁開的腳步。

「如何？感興趣了吧？」隱者看出宥娜的注意力已被自己吸引，反問道。

「那又如何？她如此無能，不會有什麼人把票投給她的。就算她想選，也一定選不上。」宥娜雖然一度有些動搖，但很快又恢復冷冰且不屑的態度。

「是嗎？妳還不知道她要選的是什麼吧？」

「不就是想選學生會長嗎？」宥娜眉頭一挑，心想這個隱者還真是問了一個

無聊的問題。

「宥娜，妳真是單純啊，應該說，妳是過於自大而無知了。」

「你說什麼——」

被隱者這麼一說，宥娜立刻凝聚起騰騰殺氣！

「哎呀呀，殺氣這麼重，真是可怕呢。但，妳還是聽我把話說完吧。」

隱者將雙手擋在自己胸前，看似有些害怕緊張，語氣卻十分平靜。因為他有十足的把握，宥娜想從他這邊得到情報。

「說，不然我就割了你的舌頭。」

「羅娜要參選的，是學生會副會長。」隱者接續說：「也就是說，可能坐上學生會長寶座的人，不是羅娜。」

「那是誰？快說，學生會長的參選人是誰？別跟我說那些無謂的廢話！」

在她的催促下，隱者這才終於說出答案。

「與羅娜組合競選的人——是賽菲。」

「居然是那傢伙……那傢伙怎麼會答應那愚蠢的女人？」

從隱者口中得到解答的當下，宥娜的臉上盡是藏不住的驚訝。

以她的了解，她原以為賽菲是和自己一樣的人，高冷且傲視群雄，絕不會妥協參與旁人的事情。

這太奇怪了。

一直以來被她視為同類的賽菲，竟和那個無能的女人一起參加競選？

「那個愚蠢的女人，究竟是如何說服賽菲的……」

「確實，我也很想知道。但無論如何，他們確定要參選了。」

隱者刻意地再問了宥娜一次，「這麼一來，妳還能無動於衷嗎？」沒等宥娜回應，隱者又再次開口，「難道妳能眼睜睜地，看著妳口中無能又愚蠢的羅娜順利如願嗎？妳要知道，有賽菲的參與，勝選的機率有多大——」

「住口！」這回換宥娜憤怒且強硬地打斷隱者，「我會阻止他們，我也會參加學生會長選舉——這樣你跟皇后都滿意了吧！」

宥娜的雙眼瞬間充滿血絲，盛怒地瞪著隱者。反觀隱者只是淡淡地笑了笑，就好像早已預料到這個局面，微笑回答：「感謝宥娜同學的承諾，我也會適時地暗中協助妳，預祝旗開得勝……為我們『塔羅』拿下勝利。」

「哼，你這個吃裡扒外的小人，別在我面前繼續說那些阿諛奉承的風涼話！」

宥娜再度朝隱者亮出武士刀，彷彿隨時要斬了他。

「那麼，我這就告退了。」

話音一落，隱者的身影便漸漸消失在黑暗之中。

「我會做到的……我會做給您看，讓您知道我比您那愚蠢無能的女兒更為優秀！」

毫不在意隱者是否離去，宥娜面對著牆壁，握緊拳頭、喃喃自語。

「欸，你有聽說嗎？宥娜同學也要參選學生會長耶！」

「宥娜？你說的是武人系的宥娜嗎？她不是不喜歡參與學園的事嗎？怎麼突然說要競選啊？」

「就是那個宥娜沒錯啊！天知道她為何要參選，還找來一個跟她明明很難聯繫在一起的人當副手。」

主動向朋友提起話題的男同學馬上勾起對方的好奇，另一名女同學眼睛閃亮地問道：「誰啊？宥娜挑出來的副手應該不差吧？」

「唔，有些不好說，這個副手有點見仁見智吧……」

「到底是誰啊？你就快說嘛。」女同學有些心急地問道。

「副手人選好像是……」

正當男同學打算公布答案之際，後頭傳來一道響亮的聲音，將他和女同學的注意力都吸引了過去。

「各位同學，我王任將和宥娜同學一起參選學生會長啦！還請大家務必投票

給我們喔！只要我們當選，我將以王氏家族的名義提供聖王學園的學生會最優渥的資金跟資源，帶給大家更多更棒的福利！」

王任的聲音充滿自信，春風滿面地走在長廊上和同學們宣傳拜票，在他後頭則跟著一群人，忙著幫忙發送競選傳單和張貼海報。

「宥娜的副手就是他啊……」

女同學傻眼地看著王任經過，她簡直無法相信地對著男同學說出了真心話：「宥娜是不是傻了？找了一個跟她完全搭不上邊的人當副手？」

「可不是嗎？不過，也很難說呢，畢竟宥娜出來競選會長就足夠讓人眼睛一亮了。」

「的確，某方面來說還真是令人印象深刻的組合呢。看樣子，這次的學生會長競選，是一年級新生的天下了。由宥娜對上賽菲，兩個優等生都各自選了風評完全相反的副手，這下可有趣啦。」

「砰」的一聲！

羅娜的手用力地拍在桌面上，她整個人激動地站了起來，向站在對面的安莎莉驚呼：「什麼！宥娜居然要跟王任一起競選學生會長？開玩笑的吧！」

難以置信的神情全寫在臉上，只要一想起宥娜那張與自己神似的臉，羅娜總

是無法冷靜下來面對。

「羅娜同學妳冷靜點……不要這麼急躁啦……」安莎莉見狀，有點害怕似地想要安撫對方，她大概是被羅娜方才那用力一拍給嚇了一跳。

「怎麼會？到底發生什麼事啊？先不說王任那個暴發戶，為什麼那個從不參加這種群體活動的宥娜，會突然轉性宣布要參選學生會長？」

即便聽見安莎莉要自己理智點的聲音，羅娜還是無法完全平靜下來，她一手扠腰，一手攤開，表示極大的困惑。

「會、會不會是王任同學去慫恿宥娜同學？給了她什麼利益？羅娜同學妳看，宥娜同學和王任同學搭檔，本來就是很奇怪的組合吧？」安莎莉想了一下，告訴羅娜自己的猜測。

聽到安莎莉這麼說，羅娜終於冷靜了下來，愣了一下後對安莎莉點了點頭：「聽妳這麼一說很有可能，我就想說怎麼會是這麼獵奇的組合。只是，王任提出的條件到底是什麼啊？那個無腦的暴發戶能提供什麼吸引宥娜的條件……」

「現在不是想那個的時候吧？」

賽菲的聲音冒了出來，他坐在旋轉椅上，冷冷地轉過身，「比起敵人是誰，我們不是更該穩住自己的聲勢？只要我們好好宣傳、參與各種活動，宥娜也不見

得能贏我們多少。」賽菲接續說：「宥娜和王任，這個組合和我們一樣都擁有強烈的話題性，但他們的政見，不一定會比我們好。」

聽完賽菲的這段話後，不僅是安莎莉一愣，連羅娜也跟著啞口無言。過了幾秒，安莎莉才緩緩吐出一句話。

「真不愧是第一名優等生說的話呢……這麼冷靜自若，又充滿建設性啊……」

「就是說……我忽然又重新拾回可以贏得選舉的信心了呢……」羅娜同樣讚嘆地說道，看著賽菲的眼神中萌生出希望與一絲崇拜。

「我已經看過所有擬定的政見了，我這邊的修改也沒問題，可以送給學生會競選委員會了。」賽菲將手中寫滿文字的紙張遞給羅娜，「我們，一定要贏得這場勝利——」

當賽菲說出這句話後，羅娜看了安莎莉一眼，接著再看向信心滿滿、忽然莫名帥氣的賽菲。

「啊，會贏的——」

羅娜一手握緊拳頭，一手接過被賽菲用心修改過的最終政見定案，她的表情勝券在握，眼裡充滿了閃爍的光輝。

學生會長競選開始進入白熱化階段，兩組人馬的人氣不分軒輊。

儘管包含高年級的學長姐在內，一共有五組人馬參與競選。但從競選開始後，人們注意的焦點始終只在這兩組人身上。

賽菲與羅娜的組合，以及宥娜和王任這組搭檔。

雖然距離投票日，還足足有兩個月的時間。但扣除課程和假日，能夠讓學生會長候選人力拚宣傳的時間並不多。

日子一天天過去，這段期間，羅娜也得知了巴哈姆特在離開自己之後，和宥娜訂下契約，成為她的第二名式神。

羅娜當然十分在意，儘管早有預感巴哈姆特會那麼做，但羅娜這段日子實在太忙了。忙於競選，又得同時兼顧學業，羅娜已經沒有太多心思去理會這件事情。

巴哈姆特也好，宥娜也罷，總之她現在只想和賽菲，以及幫忙協助選舉的安莎莉，一起贏下眼前這場學生會長的選戰！

這些日子以來，羅娜和賽菲勤於奔忙各種活動，也常常到不同年級、不同科系的班級上去發表演講與宣傳，他們宣揚自己提出的政見、聆聽同學們的建議，並汲取需要改進的指教。

羅娜每天都忙得昏天暗地，哪有空閒時間再去多想什麼。

只要知道巴哈姆特過得挺好，那就夠了。

這天，羅娜一如既往地拖著疲憊的步伐，往自己的宿舍走去，賽菲則與她一同並肩而行。

「唔……」

一個分神，羅娜突然重心不穩，整個人踉蹌地往前倒去！

「小心。」

賽菲迅速地接住羅娜，讓羅娜得以免去無妄之災。

「啊，謝、謝謝你啊……賽菲。」

沒想到賽菲會突然拉了自己一把，應該說，羅娜從沒想過賽菲會對她伸出援手。

「好好看路，不要把自己弄得渾身是傷。」

賽菲沒有看向羅娜，不過手依然還是緊緊握住羅娜的左手，這讓羅娜有些在意地低下頭，看著自己被牽著的手問道：「那個，不用繼續牽著我了吧？」

「妳以為我願意？不牽著妳，妳肯定又會跌倒。」賽菲冷漠地回答。

羅娜實在難以理解，明明動作是這麼溫柔又溫暖，說話的態度卻是這般冷冰，好像總想拒人於千里之外。

「呃，我又不是小孩子，不用牽著我啦……」

「在競選的這段期間，直到結果出爐之前，我都不允許妳出任何意外。」

「啊，原來是這樣啊，哈……」聽到賽菲方才那句話後，羅娜笑了一笑。

「笑什麼？」賽菲眉頭一皺，終於轉過頭看向羅娜。

「不，我只是有種恍然大悟的感覺，原來是為了那種原因啊。哈哈，我就想說怎麼可能嘛……」

「什麼原因？妳又在胡說些什麼了？」

「難道你不是為了選舉的關係才出手幫我的嗎？」羅娜眨了眨眼，好奇地問道。

「誰說是那種原因。」

「欸？」那瞬間，羅娜以為自己聽錯了。

「不過，妳說的那種理由，確實是主因。」

很快地，賽菲又補上這句話，這下更是聽得羅娜一頭霧水。

所以到底是怎樣啦？

害她一度有點心跳加快……不行，冷靜下來，賽菲可不是一個可以讓自己小鹿亂撞的對象！

「我就扶著妳到宿舍門口吧。再怎麼說，妳好歹也是我未來的副手。」

「那還真是謝謝你喔……」羅娜乾脆地放棄了揣測賽菲的心思。

「對了，話說所羅門校長交代給我們的任務，你那邊有消息嗎？」她話鋒一

轉，不僅是想轉換彼此之間的氛圍，更重要的是追查任務的進展。

「沒有。」

「啊？」

沒想到賽菲會這麼直接地答覆，讓羅娜一時間有些愣住。她原以為相較於自己，身為優等生的賽菲應該多少有點進展或眉目？

「但是有懷疑的人選。」

「什麼嘛……還是有收獲呀……那麼，懷疑的人選是誰？」

「既然說是懷疑的人選，那就不便公開對方的名字。」

「哈啊？等等，賽菲你會不會太古板了啊？說一下又不會怎樣？搞不好就是要我們溝通討論才會得出結果啊？」

羅娜傻眼地看著賽菲，賽菲在這方面還真是出乎她意料地嚴謹，連個名字都不願透露？

「不行，在沒有掌握到確切證據前，我不會說出任何一個名字。任何人都有可能是塔羅的內奸——嚴格來看，包含妳也是。」賽菲忽然以十分肅殺的眼神盯著羅娜，讓羅娜瞬間噤聲無語。

過了好一會，羅娜才從這種被眼神壓制的狀態中掙脫，愣愣地回道：「別、別開玩笑了，我怎麼可能是啊。」

「既然不是，就不要繼續追問我。」

「唔，我、我知道了啦……不說就不說嘛……」

面對意外堅持的賽菲，羅娜最後只好妥協。

「不過，我不像你，我很樂意分享我懷疑的人選。」羅娜一邊聳了聳肩膀，一邊對著賽菲說道。

「妳的人選，不外乎就是懷疑宥娜吧，我說得對嗎？」

「哦？看來你知道嘛，還是說……那傢伙也是你懷疑的人選？」先是有點訝異地看著賽菲，隨後羅娜露出有點壞心眼的表情問道。

「我有其他人選，但不排除宥娜的嫌疑。」

「什麼嘛……你幹嘛總要把話說得那麼複雜……」羅娜雙眼微微瞇起看著賽菲，一臉無法理解。

「是妳太單純了。」

「哼，是嗎？但我看你懷疑宥娜的理由應當也和我一樣吧？」

「是不是一樣我不會跟妳講，不過我倒是願意聽聽妳猜測的根據。」

「還是一副不願多說地神祕兮兮啊……算了，為了表現出我大方的一面，我就跟你說說我的根據吧。」羅娜接續說道：「那個女人，知道塔羅。」

她接著又說：「她甚至知道我的父親，更曉得我父親在塔羅曾經擔任的代

號——怎麼想她都是塔羅的內應。」

其實，最初所羅門校長要她和賽菲一同找出塔羅內應的時候，她當下就想把宥娜的名字抖出來。

因為，那個女人不管怎麼想都非常有嫌疑！不，儼然就是塔羅安插在聖王學園裡的人！

她不懂，感覺校長應該也清楚宥娜跟塔羅之間的關係，加上宥娜還是以特殊生的身分入學，身為聖王學園的校長，沒理由不了解宥娜的來歷……

難道有什麼其他原因嗎？

雖然想不透，但羅娜還是堅持自己懷疑的人選就是宥娜。

「這就是妳的依據嗎……嗯，我會列入考慮的。」

「哈啊？不用考慮了吧？宥娜肯定就是內應啊！」看著一臉平淡的賽菲，羅娜真心不懂了。

「很多事情，並非只有妳說的就算，還需經過查證。再說，我也還有另一名人選。」賽菲淡然地搖搖頭。

「另一個人選會比宥娜來得更令人懷疑嗎？」

無論怎麼想，羅娜都覺得聖王學園裡沒有人比宥娜來得更可疑了。

「妳的宿舍到了。」

賽菲沒有再針對內應的問題說下去，他停在宿舍門前，斷然說道。羅娜也很明白，賽菲壓跟沒打算回答自己的問題，於是她只得先踏上返回宿舍的門臺階，準備和賽菲道別。這時，賽菲卻又說了一句話：「最近，凡事小心一點。」

「咦？為什麼啊？」羅娜回過身，納悶地看著賽菲。

「我總有一種預感……這陣子會不太平靜。」賽菲壓低嗓音，眼神還左右查看周圍。

「不過是學生會長的競選，哪有什麼平靜不平靜的問題，你多心了啦，賽菲！」羅娜搖搖頭，聳了聳肩。

「但願如此，但妳還是小心點，這是學生會長的命令。」

「哇，現在就已經會拿學生會長的頭銜來壓我了呀？是是是，遵命，會長大人。」羅娜先是故作驚訝，接著笑了笑，點點頭回答對方。

「少囉唆，快進去休息吧。妳看起來很累了，別拖延。」

賽菲皺了一下眉頭，二話不說便轉身離開，只留給羅娜一道逐漸遠去的瀟灑背影。

「賽菲還真是刀子嘴豆腐心啊……意外是個好人呢。」

目送著賽菲離開後，羅娜也莞爾一笑，一邊喃喃自語，一邊走回自己的寢室。

「只是賽菲真的小題大作了，不過就是學生會長的競選，我看他才是真的累

了吧……」

在羅娜走回寢室的路上，她卻沒有注意到，後方有道冷冽的視線正從暗處窺視著她。

第四章

Scepter of Rose King

「初次的民調統計出爐了！」安莎莉拿著手裡的報表，快步往賽菲和羅娜跟聖王學園借來的臨時辦公室衝去，難得地扯著嗓子大喊。

「這麼快？怎樣，結果到底如何？」

羅娜一聽到安莎莉的呼喊，本來坐在椅子上的她立刻站起身。反觀身為學生會長參選人的賽菲，則依然冷靜地坐在辦公椅上，雙手交叉成拱門狀，將下巴微微靠在其上。

「你、你們看！這裡面有五組人選的民調結果，不出意料，我們和宥娜那組的結果最高，但是……」

「但是，我們險勝宥娜。雖然目前是我們稍稍小贏一點……卻僅僅只有一點。」從安莎莉手中接過民調結果報告後，賽菲冷冷地說出答案。

「嗯……這恐怕不是一件值得開心的事情……」安莎莉眼簾低垂，跟著回應。

「我說，用不著這麼悲觀吧！」羅娜一手扠腰，一手攤開掌心朝上，「我們至少略勝一籌啊！再怎麼說都是好事！哪裡不值得開心了？」她接著又說：「若今天就是投票日，代表我們就是贏家了耶！」

「羅娜同學還真是樂觀啊……不過，某方面來講，妳說的也沒錯啦。」

看到羅娜如此反應，安莎莉不禁莞爾一笑，確實有小小地被羅娜鼓舞到。

「距離投票日，只剩下一個禮拜。羅娜，妳知道這時候這份民調可能帶來什麼結果嗎？」賽菲拿著報告，轉過頭來，視線冷冽地注視著羅娜。

「能帶來什麼結果？」羅娜不明不白地看著對方。

「那就是，這微小的差距，很可能會讓敵人不擇手段。」賽菲板著嚴肅冷冰的臉孔，認真地對羅娜說道。

「唔……」

聽到賽菲這麼說，羅娜一時間愣了愣，但她的大腦很快就理解為何賽菲會這麼說。

確實——

她方才都沒想到。

這小小的差距，某方面來說是很容易翻轉過來的，加上距離投票時間又只剩下一個禮拜……的確，換作是敵方陣營，為了要逆轉局面搞不好真的會不擇手段！

「抹黑嗎？還是造謠？無論哪方面，我想我們都可以應對吧？」

羅娜第一時間就想到了這幾種可能，雖然過去這段時間，多少也聽到一些不利於他們的傳言跟風聲，但到目前為止都還沒真的傳播開來。只要想好對策，羅娜認為這應當不成問題才對。

再說，多虧當初的考試實況，那時娜娜醬的偽裝跟本性都被播放出去了，大家早就知道她的本性，不會因此造成聲望下跌。

至於賽菲，羅娜倒是一點也不擔心。那傢伙太無趣了，無趣到沒有題材可以挖掘！

「若只是這樣，那當然沒有問題，我會搞定。」

「哇，真不愧是未來的學生會長，發言就是帥氣！我要愛上你啦！」聽到賽菲的答覆後，羅娜故意做出陶醉的模樣，開玩笑地對著賽菲說。

原本只是說說而已，沒想到羅娜下一秒竟看到了出乎她意料的一幕。

「哼，別把那種噁心的玩笑話掛在嘴邊。」

儘管他很快就別過頭去，羅娜的雙眼卻已經捕捉到了——

捕捉到了賽菲對自己臉紅的一瞬間。

「咦，原來那個冰山美人賽菲也會臉紅啊……」

羅娜揉了揉眼睛，很想再重新確認一次，不過顯然沒這機會了。

「總之，剩下一個禮拜，我們都要提高警覺，明白嗎？」

「明白！」羅娜和安莎莉異口同聲地答覆。

「很好，請務必維持這股氣勢直到最後。」賽菲點了點頭，滿意地看著羅娜和安莎莉。

大伙又繼續忙於這場急迫又緊張的選戰。和宥娜他們不同，宥娜有王任作為副手，在王任的號召與家族資源的投入之下，宥娜組在處理選戰各方面上都有傑出的表現。

相較之下，羅娜這組就顯得十分吃緊，人手方面僅有羅娜、賽菲和安莎莉三人。儘管賽菲本身具有極高的人氣，有相當多的女學生自願要前來幫忙，但大都被賽菲拒絕了。

賽菲拒絕的理由是，由於他和羅娜還肩負著找出塔羅內應的祕密任務，秉持著大多數人不可輕信的想法，因而不讓本來可以成為免費勞動力的女學生們加入。

這點羅娜可以理解，只是對他們現階段的選戰來說，實在非常吃虧。但賽菲提出的觀點確實也有他的必要性，羅娜只得摸摸鼻子接受。

好在，羅娜本來就是一個人當兩個人用、吃苦耐勞的類型，加上現在有三名式神可以使喚，認真來講，她一個人可以當四個人用呢！

看了一下民調結果，發現女學生的比例極為高。羅娜猜想，大概除了賽菲自身的魅力外，她派出去的三名式神——法哈德、星滅以及新來不久的凡卓斯，都得到相當多女同學的注目吧。

特別是凡卓斯——

雖然那傢伙是最低階的式神，在戰鬥上或許幫不上什麼忙……但意外地，他在選戰上的等級絕對是ＳＳＲ！

「呀——是凡卓斯大人！」

少女的尖叫聲四起。羅娜發現，只要讓凡卓斯出來造勢宣傳，無論走到哪，都會聽到這樣春心蕩漾的尖叫聲。

「啊啊，真是可怕的女人們啊……」

若不是顧及這些可能都是未來的選票……羅娜真想當場摀住耳朵，不想再接收這些彷彿要刺破耳膜的尖叫。

「凡卓斯大人，請觸摸我吧！」

「凡卓斯大人，請將我緊緊擁抱吧！」

啊啊，這類的話真是常聽見呢……羅娜感到十分無奈。

「凡卓斯大人，請將我緊緊綑綁起來吧！」

等等，這句話已經有點犯法了吧？

聽到這句的羅娜，頓時露出驚駭的表情。

「真是苦惱呢……我的束縛之愛、激情之吻、肌膚之親以及高超的床技，明明只想貢獻給御主大人而已……」在羅娜身邊的凡卓斯，一臉困擾。

「我說真的，不需要，謝謝。」羅娜擺出死魚般的眼神，冷冷地回應凡卓斯。

真不愧是淫邪之神，啊，還是淫亂之魔？

隨便啦，反正這傢伙真是糟糕透頂。她可不想和凡卓斯有太多接觸，要是一個不小心真的會被吃抹乾淨也說不定。

跑了一整天的宣傳活動後，濃濃的疲倦感再度襲來，羅娜打算返回寢室好好休息一番。

「羅娜，我送妳回去吧。」

後方傳來賽菲的叫喚，羅娜回過頭，就見對方高冷又俊美的臉孔再次出現在自己眼中。

羅娜搖搖頭，「不用啦，不需要特別送我回去，再說你也應該累了吧？趕快回去睡覺吧。」

「我不累，我要送妳回去才能放心。妳明知剩下不到一個禮拜的時間，對手會出什麼我們並不知道。」賽菲斷然拒絕羅娜的提議，並說出他堅持護送的理由。

「我明白你的意思，但我也不是什麼弱女子，再怎麼說也有三名式神陪同，安全絕對沒問題啦！」羅娜走過去拍了拍賽菲的肩膀，直率地笑著，接著又說：「再說，你又不是在跟我談戀愛，沒必要這樣溫馨接送啦！哈哈！」

被羅娜用這番開玩笑口氣回答的當事者臉色一沉，不發一語。

看著賽菲沉默了下來，羅娜心想：糟了，該不會是玩笑開過頭了吧？

賽菲這麼凡事較真的人，應該不能接受這種輕浮的玩笑……還是跟賽菲道歉後趕緊溜之大吉。

羅娜嚥下一口口水，準備跟賽菲致歉。

「那個賽菲，我剛剛是開玩笑……」

「如果跟妳談戀愛、成為男女朋友的話，就可以了嗎？」

「欸？」

羅娜一愣，她剛剛……聽到了什麼？

賽菲是不是問了一個很奇怪的……問題？

「回答我，是不是？」賽菲再次質問羅娜，強硬地要求羅娜作出回答。

「我說賽菲，你別這麼認真……」

羅娜話還沒說完，賽菲就直接直球式地做出了一個讓羅娜的下巴差點掉下來的決定！

「和我談戀愛——成為我的女朋友。」斬釘截鐵、毫不猶豫，賽菲用一如往常認真嚴肅的表情對著羅娜如此宣告。

「哈啊……？」

這下可好了。

玩笑果然開過頭了啊啊啊——

賽菲那傢伙竟然當真了！

此時此刻的羅娜，都想抱頭尖叫了。

「只要成為男女朋友，確實就可以名正言順送妳到宿舍，可以隨時出現在妳身邊保護妳的安危……這的確是一個很好的理由，我當初怎麼沒想到。」一手托著下巴，眉頭微微鎖起，賽菲一臉認真地深思研究著這件事。

「賽、賽菲，我說你不要把我剛剛的玩笑話當真好嗎？話說回來，你真的知道什麼是談戀愛？知道什麼是男女朋友的關係嗎？我想你應該是誤會了什麼……」

羅娜覺得賽菲這種優等生，腦袋跟水泥一樣僵硬，舉手投足又冰山、又高高在上的傢伙，肯定不清楚世俗說的愛情啊，男女關係啊這些吧？

賽菲這傢伙可不要不懂裝懂啊！

「我雖然不是很懂——」賽菲再次說道，「但以我的能耐跟智力，凡事都可以很快學會，包含戀愛！」

當賽菲振振有詞地說出這句話時，羅娜整個人彷彿被震懾住了一樣，啞口無言。

怎、怎麼辦……明明聽起來很強詞奪理……可是那種話從優等生賽菲的口中說出來，就變得格外有說服力啊……

情。

而且，這算是告白嗎？

她是被那個第一名的優等生、冰山美人賽菲告白了嗎？

「我……我突然感覺肚子痛……」羅娜突然抱住自己的肚子，露出痛苦的表情。

「肚子痛？不要緊吧？要不讓我……」

「我、我、我真的不是很舒服……先、先走一步了——」

猛然用力地推開賽菲，趁著賽菲反應不及的當下，羅娜趕緊拔腿就跑！

「羅娜——」

後方傳來賽菲的呼叫聲，但羅娜才不會停下，她就是為了逃離賽菲才裝肚子痛的啊！

好不容易逃開後，羅娜躲在宿舍內，查看後方沒有賽菲追上來的身影。她一手扶著牆壁，氣喘吁吁地終於得以鬆一口氣。

「呼、呼呼……真是嚇死我了……那個賽菲怎麼突然發個直球啊……」

雖然沒有真正的肚子痛，可是羅娜整個人也的確嚇得不輕，她真心覺得自己的腦細胞都被賽菲嚇死了不少。

「賽菲竟然跟我告白……他、他怎麼可能……唔，一、一定只是他不懂什麼叫告白跟戀愛啦，羅娜妳別想太多啊！」

羅娜用雙手摀著自己的臉，臉色從原先的慘白漸漸轉為紅潤。

「咻！」

忽然間，羅娜隱約之中聽到了一聲轉瞬即逝的異常聲音。

「嗯？」

一度以為是自己的錯覺，但賽菲先前所說的話猶在耳邊，羅娜瞬間警戒起來，決定迅速召喚出法哈德好隨時應付各種突發狀況。

然而，就在羅娜剛有這樣的想法之際——

「唔！」

剎那，有一股俐落又強硬的力量在她的後頸落下！

雙眼一黑，雙腿一軟，羅娜頓時失去了意識。

滴答。

滴答。

滴答。

規律到令人厭惡煩躁的水滴聲，穿透了羅娜昏黑的意識。這是她清醒過來後聽見的第一道聲音。

羅娜皺著眉頭，試著緩緩睜開雙眼。她的腦袋還很暈沉，後頸微微的痛楚讓

她明白，不久之前自己被人偷襲，昏了過去。

好不容易清醒過來，視線仍有些模糊朦朧，唯一可以確定的，是自己還活著。

「到底發生了什麼事……」

羅娜用低沉細微的聲音喃喃自語，等視野終於恢復清晰後，她才看清了自己周遭的環境。

和所有過去看到的電影情節一樣，這裡什麼人也沒有，昏暗的小房間布置單調，且沒有任何一扇窗戶。

羅娜瞬間就意識到——自己是遭到綁架監禁了。

她低下頭來，雖然自己的雙腿沒有被綁住，但雙手被捆得很緊，繩子相當牢固，至少只靠自己的力量絕對扯不開。

不過，這時候羅娜還不至於太過緊張害怕，就像之前自己對賽菲說的，她還有三個式神可以依靠。

但當她試圖召喚出自己的式神時……

「無法……召喚式神？」

羅娜一愣，一陣毛骨悚然的寒意頓時從腳底竄上腦門。

式神是她最後的防線，也是最重要的武器，如今處在這種危及的局面竟完全無法召喚式神！

這下該怎麼辦？

無法召喚式神，羅娜終於體會到那些非靈人的手足無措了。

也正是因為這個殘酷的事實，讓一直以來抱持著只要有式神就無所畏懼的自己，被狠狠地當頭棒喝。

對啊，她都忘了，忘了還有能夠束縛限制式神召喚或現形這回事。不管對方是用了什麼方法，但這都是有前例的。

「可惡，我真是太大意了……」羅娜咬著牙，對自己這份粗心既氣憤又後悔。她覺得自己現在就像一隻羔羊，只能等著讓人宰割。

至於到底是誰將她綁來這裡，羅娜倒是有凶手人選。

除了宥娜，應該別無其他人了吧？

羅娜想起賽菲說過的話，只剩下短短幾天就是投票日了，加上雙方陣營的民調十分接近，若是敵方陣營使出什麼骯髒手段也不會太出乎意料……

當時，羅娜還以為再怎麼下流的手段自己都能對付，沒想到竟然被將了一軍……

羅娜妳真是太蠢了！

都怪妳太過大意！

既然無法使用式神，羅娜只得和那些平凡的非靈人一樣，用自身蠻力試著扯

開繩子。

努力地使出全身吃奶的力氣，羅娜的臉都漲紅了，雖然繩子好像有鬆開一點點，卻還是無法徹底鬆綁。

「累、累死我了……到底為什麼要綁架我啊……」

羅娜喘著氣，她實在不明白，把她囚禁在這裡會對宥娜有何幫助。那女人難道不知道，倘若她在如此關鍵的時刻消失，一定會有人把懷疑的矛頭指到她身上嗎？這樣對她的選情搞不好還會有負面影響吧？

再說，宥娜之前曾透過文書跟她和賽菲宣戰，要堂堂正正地選舉，憑實力打敗她和賽菲……難不成那都只是謊言？

雖然有點難以想像宥娜會出爾反爾、使出這種低劣的手段。但被情勢逼急的話，的確有那樣的可能性吧……

「啊啊，這就是選舉的黑暗面嗎……真是可怕……」

羅娜完全不知道該怎麼做才好，她整個人顯然束手無策。但就在這時，她聽到了一道聲音：「請別這麼快放棄，我的百合花。」

「法哈德？」

羅娜馬上聽出是法哈德的聲音，但不見人影，聲音是從腦海內傳來的。

「你可以跟我說話？」

「是的，我能夠跟妳對談，只是限制無法被召喚出來而已。」法哈德如此回應羅娜。

「喂喂，不只有那個魔王，還有我在呢，娜娜醬！」星滅的聲音也跟著冒了出來。

「還、還有鄙人……御主大人。」繼星滅之後，凡卓斯也開了口。

「太好了，我還以為連跟你們對話都不能呢，被徹底斷絕聯繫就麻煩了……有你們可以陪我說話，至少我會更有求生意志。」

羅娜真心感到欣慰，雖然這三名式神無法直接派上用場，但有人陪伴自己總是好的。

「話說回來，娜娜醬很久沒有找我了呢，我是不是被娜娜醬遺棄了？又是巴哈姆特的事情，又是跟法哈德結婚，又有一個新來的抖M，我完全沒有出場的機會了嗎！」星滅氣憤地在羅娜的腦海裡大叫著。

「抖M是什麼呢？好熟悉的用詞啊……記得以前常有膜拜我的信徒說起這個詞彙……」凡卓斯困惑地提問，好似真的不明白。

「凡卓斯還真是一如既往地欠揍呢，你說是不是啊，那個深淵魔王？」

「請別把我拉入毫無意義的戰爭之中，星滅。」聽到星滅點名自己，法哈德直接冷淡拒絕。

「我說你們夠了喔，現在我是被囚禁的狀態吧？你們到底有沒有良心啊？把御主的性命安危放到哪裡去了？」羅娜大大地翻了一個白眼，她實在不懂都這種情況了，她體內的三名式神還能為了奇怪的話題吵起來。

「我的百合花，根據我的觀察，將妳囚禁在此的人並沒有打算要妳的命，至少暫時沒有。」法哈德顯然沒打算繼續跟著星滅攪和，轉而認真地對羅娜說出自己的判斷。

「恩，我也有感覺到，倘若真要我的命一開始就應該下手了，沒必要特意把我關在這種鬼地方。」法哈德的推測，羅娜頗為認同。

「那到底是為什麼要把妳關在這裡？故意讓妳無法見人是能幹啥啊？」星滅聽了就更納悶了。

「讓御主大人無法接客……咳，我是說無法見人的話，是因為倘若御主大人出現，便會造成誰的困擾嗎？又或者……假使御主大人遲遲不現身的話，就能讓誰得到好處？」

「你再說一次，凡卓斯。你說，誰能得到好處？」羅娜突然感覺不對勁，眉頭忍不住一皺。

「唔，就是如果有人因為妳一直不出現，或許就能得到好處或想要的結果……」

「糟了！」凡卓斯的話還沒說完，羅娜便猛然倒抽一口氣，露出驚慌的神情。

「御、御主大人您怎麼了？」沒想到羅娜會突然這樣的反應，凡卓斯也嚇了一跳。

「我都忘了！」

羅娜的瞳孔微微收縮，因為凡卓斯的話她才想起來——凡卓斯說得沒錯，如果她沒有趕在開票日當天出現的話一切都完了！

「這次學生會長選舉有一條非常重要的限制，那就是開票當天，參選人必須到開票所集合等候結果。凡是任何一組參選人，無論是學生會長或者副會長的參選人，只要有一人沒到場，那即便勝出也會直接當場取消資格！」

多虧了凡卓斯的話她才想起如此重要的事！

天啊，宥娜真是狠毒！

為了能夠勝利居然使出這麼陰險的手段！

「等等，妳的意思是，如果妳一直被關在這裡無法逃出去，並且沒有在時限內回到聖王學園的話，就算是妳的得票數贏過宥娜，也會被取消資格讓宥娜直接坐享其成？」星滅重複一次羅娜說的話，試著整理出頭緒。

「可以這麼說！天啊，我終於知道為什麼會被抓來的原因了！」要不是手被繩子綁住，羅娜都想要雙手抱頭了。

「不行，我一定得在時間內回去才可以，我一定要逃離這裡！」

羅娜站起身來，努力找尋著室內的出口，但唯一可見的，只有一扇灰色的門扉。雖然雙手仍無法自由行動，但敵人似乎是留了一點同情似地，讓她的雙腳可以自由運用。

換作是平常，早就叫出式神把這扇門弄開。現在卻礙於召喚限制，羅娜只得用最原始的方式，不斷用身體撞擊門扉，試著要將其撞開！

試著撞了幾次，這扇門仍不為所動，明明看起來是再普通不過的木板門，羅娜卻使出吃奶力氣仍無法撼動。

羅娜氣喘吁吁地想，難道這不是一扇普通的門？

後來想了想，將她綁來這裡的人該不會是知道這扇門不容易打開，才會讓她的雙腳得以自由行動……

「可惡……」

羅娜既氣憤又無奈，但她不氣餒，雖然不知道在這個小房間裡被關了多久，她仍一試再試，試圖找出各種能夠逃出去的辦法。

那扇門仍舊不為所動。

時間一分一秒地過去，羅娜卻毫無知覺，她沒有辦法查看時間的流逝，屋內就只有自己，其他什麼都沒有。

羅娜變得越來越疲倦，撞門跟嘗試各種方法的過程，令羅娜消耗相當多的體力。加上久久滴水未進，更別說食物了，羅娜逐漸開始感到體力不支。

「呼……呼呼……」羅娜的背貼著牆壁，她喘氣粗重，臉色蒼白。

雖然法哈德曾說，囚禁自己的人並沒有要自己性命……但再這樣下去，若遲遲沒有辦法逃離這裡並且補充水分跟食物……

更糟糕的是，她豈能因為自己的關係，害得賽菲失去可能即將到手的勝利！都怪自己，都怪自己太過粗心大意，賽菲的話要是她早點聽進去就好了……

「羅娜，羅娜妳清醒點，可以休息一下，但千萬不能睡著。」法哈德的聲音傳了過來，他擔心羅娜要是就此失去意識，或許情況就會演變成最糟糕的結局。

「我……我知道……只是我真的不知道該怎麼做了……」羅娜有氣無力地回應，雖然是透過腦海對話，羅娜的語氣還是十分虛弱。

現在的她完全失去時間的概念。也不知道過了多久，她心急如焚，身體卻越來越虛弱。

拜託……拜託誰來幫幫她……

此時此刻的羅娜，既不想也無法再逞強了。

此時此刻的她，也只能低聲下氣地向人求救了。

「娜娜醬，振作點！不能就這樣放棄！這不是妳的風格啊！」星滅的聲音不

斷傳來，一直想鼓勵羅娜，但她的視線仍越來越模糊。

她都知道。

她都明白。

可是身體跟意識卻不允許，這份絕望感早就如毒藥般竄流全身。這個時候，若是巴哈姆特還在自己身邊的話……那頭老龍王會對自己說些什麼呢？

別半途而廢了，想讓本龍王看笑話嗎——

啊啊，好像真的能聽到那傢伙的聲音一樣……恐怕巴哈姆特真的會那樣嘲笑自己吧……

好想，真的好想聽到巴哈姆特的聲音——

明明身邊有那麼多式神陪伴著自己，卻還是只想聽到那個已經離開自己身側的人的聲音。

「不能……讓那頭老龍王笑話……」一咬牙，羅娜的眼神瞬間恢復光彩，她再次使勁地一扯，竟意外扯開了本來捆綁在手上的繩子。

「呼、呼呼……」

大概是之前已經讓繩子鬆動出現裂痕，加上羅娜剛才使力一扯，終於將本來就快斷裂的繩子扯開。

僅僅只是將繩子扯斷，就讓本就虛弱的羅娜更加上氣不接下氣。

儘管如此，羅娜的眼中光輝並沒有消散，她反而更受到鼓舞，至少精神上因為雙手恢復自由而高漲不少。

可以的！

她在心裡告訴自己，她絕對可以逃出去，並且阻止敵方陣營的陰謀得逞！

「不能放棄，不能放棄，在這種情況下放棄就不是羅娜了——」

羅娜再次做好衝刺的預備動作，她退到房間的最後方，後腳跟緊貼在冷冰的牆壁上。

「三，二，一——」

做好準備的羅娜用上最後力氣，壓低身子往前衝刺！

「砰咚！」

在衝撞上去的剎那間，前方的門扉竟率先打開了，來不及剎車的羅娜只得硬生生地衝了出去！

「咚！」

衝刺的速度加上撞擊的力道，羅娜還無法看清自己究竟撞上了什麼，便整個人向後仰倒了下去。

「哎呀呀……」

看著倒地且失去意識的羅娜，出現在門前的身影有點無奈地發出感嘆。他蹲

下身，似笑非笑地注視著羅娜。

「看來，比我想像中的還要有精神嘛。」

對方笑了笑，就像在欣賞羅娜的睡顏一般，就這麼蹲在地上看了羅娜好一會。

第五章

Scepter of Rose King

今天是聖王學園的大日子，整個學園都熱鬧非凡。位於聖王學園的學生會議中心，目前正在進行學生會長選舉的開票工作。

一旁的候選人等候區坐著本屆參選的學生會長與副會長參選人，本次五組候選人已到場，唯獨缺席一人。

所有候選人都已經在位子上坐定，一邊等待著開票，一邊進行手邊的工作，不過沒有人比賽菲更加忙碌。

賽菲難得有些急躁地雙手抱胸，在原地走來走去，又不時拿起手機聯絡。他之所以這麼反常，正是因為他的副手羅娜，至今仍未到場，成為那唯一缺席的候選人。

「有消息了嗎？」賽菲問向身邊的工作人員。

他委託現場選舉委員會的人幫忙找尋羅娜，對方卻有些無奈地搖了搖頭：「還沒聯絡上，賽菲同學你要不要再找別人聯繫看看？」

「我手邊能夠尋求幫助的人都已經用上了……我會再想想辦法。」

「可是，如果羅娜同學一直沒有到場，無論是什麼原因，假設你們贏了選舉，也會因此而自動取消資格的……」

「我知道。」賽菲板著比平時還要冷酷的表情做出回應。

「假使真是那樣的話，難道你不會對羅娜同學生氣嗎？那樣可以說是她害了

你……」

「她不會那樣的。」對方話還沒說完，賽菲便強硬地打斷，「羅娜她不可能做出這種事，就算是，也肯定不是出於她的意願。」

「唔，可是……」

「我相信她。」第二次強勢地打斷對方，賽菲眼神更為堅定地直視著前方。

賽菲都說到這種程度了，工作人員也只好悻悻然地離開，離開前表示會再繼續幫忙找尋羅娜。

「羅娜，妳會平安無事的，我相信……就和我們選舉的結果一樣。」看著對方離開後，賽菲喃喃自語，視線看向正在慢慢在變化的票數。

時間一點一滴流逝，現場有許多攝影機鏡頭對準候選人們，特別是聚焦在賽菲和宥娜這兩組人身上。

和入學考試一樣，選舉開票都是採取現場直播的方式，讓所有聖王學園的師生們都能隨時透過手機看到最新現況。

在鏡頭之下，宥娜的臉上一如既往地看不太出表情。至於她的副手王任，似乎是因為最大的對手羅娜遲遲沒有到場，顯得有些僥倖開心的模樣，不停抓著鏡頭喊話：「一定是那個吊車尾的以為自己輸定了，沒臉在場接受慘敗的結果啦！哈哈哈！」

附帶一提，由於現場直播也有發布在影片平臺上，在王任發表這番言論之後，影片的彈幕上冒出許多「真同情王任的智商」、「投給這組的人到底都在想什麼？喜歡蠢貨？」又或是「我自首，我投給了這個笨蛋，但我是看在宥娜的分上」諸如此類的評論。

反觀宥娜，目光也似乎在搜尋著什麼，表面看似鎮靜，但仍看得出她有些心不在焉。

時間是殘酷的。

選舉委員會為了公平公正，即便其中一名候選人仍未到場，但由於現場開票工作已經完成，將由選舉委員會的執行長上臺宣告選舉結果。

大家都很清楚，只要在選舉公告之後，倘若勝利的那一組候選人沒有到齊接受證書頒發，就將自動取消資格並且將由得票數第二高的組別遞補。

終於來到這一刻。

所有人看著執行長走上臺，拿著剛出爐的勝選名單，無數雙眼睛盯著他手握麥克風，準備宣告。

另一方面，羅娜的位子依舊是空的。

「現在，我將宣告本屆學生會長得票最高的組別。」

執行長對著麥克風開始說話，但臺下的人卻無法完全專注在講臺上，許多人

都分心地搜尋著羅娜的身影。

「本次得票最高的組別是——」

「等一下！」

正當執行長要宣告結果之際，出聲打斷之人卻令所有人都大為意外。

「喂，妳搞什麼啊——宥娜！」

王任趕緊站起身來，拉著宥娜的褲襬，緊張地想要將她勸回原本的座位上。他完全不明白宥娜為何要在此時喊停，真要喊「等一下」的人應該是賽菲吧！

同時，由於出聲喊話的人是宥娜，賽菲的臉上難得出現了一絲訝異，但他很快又恢復平時的撲克臉。

「羅娜那個女人沒出現，我是不會就這樣讓你公告結果的。」宥娜不管王任的拉拉扯扯，她一手扠腰，堅定地對著執行長道。

「妳瘋啦！只要現在公布，不管是不是我們贏，那個吊車尾不在現場，我們都會拿到學生會長的位子！妳到底在想什麼啊宥娜！」

王任簡直快急死了！

他怎麼會選了一個完全搞不懂形勢的傢伙當搭檔啊！

「我不需要依靠這種方式獲得勝利。你們給我聽好了，我要的是堂堂正正地將那個愚蠢的女人踩在地上，看著她徹底失敗的模樣！」宥娜握緊拳頭，這番話

不僅是回應王任，更是對執行長以及現場所有人宣告。

聽到宥娜這段話的賽菲眉頭一蹙，低聲說了一句：「難道羅娜的失聯，與妳無關？還是說，妳只是裝模作樣？」

「哼，我就知道你會那樣想，但我不屑做出那種事！」對著賽菲說完後，宥娜又轉過頭對選舉委員會執行長說：「聽到沒？給我等那個女人到了再宣告結果，我可不想被說是僥倖獲勝，更不想被貼上不擇手段的標籤。」

「宥娜同學，雖然我也很想這麼做，但這有違我們選舉委員會的公平公正。」執行長又說：「規則就是規則，我想羅娜同學也明白，無論她是由於什麼原因而無法到場，我們仍必須照規則行事。」

「意思是，不管怎樣你都要公布選舉結果，對嗎？」有一瞬間，宥娜皺起眉頭，散發出強烈的殺氣。

「妳是想對我動武嗎？宥娜同學？妳也想因此失去資格？」選舉委員會執行長面無表情地反問宥娜。

「千萬不要啊啊啊，宥娜！算我拜託妳了！」

王任立刻衝上前一把拉住宥娜的手，但反被宥娜一手推開，不死心的王任死命地抱住宥娜的大腿，使她不能前進。

「給我放開，你這廢柴！」

宥娜想踹開王任，但王任就是緊緊纏著不放。反觀選舉委員會的執行長，再度清了清喉嚨，對準麥克風：「本屆學生會選舉結果，得票數最高的組別是——」

「慢、慢著——」

一道彷彿是用盡力氣才吶喊出來的聲音，讓選舉結果宣布再度被打斷。而聲音的主人一出現也再次驚動全場。

「我、我來遲了……學生會副會長候選人……羅娜報到……」羅娜喘著氣，即便臉色蒼白，身體一副虛弱的狀態，仍努力擠出這段文字。

「那是羅娜同學？」

「天啊，她怎麼回事？看起來好像快掛了一樣？」

「發生什麼了嗎？不過虧她這樣還能抵達現場！」

現場群眾議論紛紛，發出了驚訝的聲音。眾人的目光都集中在羅娜身上，以及在旁攙扶著羅娜來到會場的那人。

「羅娜身邊扶著她的人，是安倍學姐嗎？」

「對啊，為什麼安倍會出現在她身邊？」

「到底怎麼了我好想知道喔！」

除了討論羅娜的狀態，大伙也沒有放過在羅娜身邊的安倍，安倍也同樣成為被議論的目標之一。

「羅娜……？」

賽菲一見到羅娜這副狼狽的模樣，頗為驚訝，但很快又恢復平時的冷靜。就好像他多少猜到羅娜可能遭遇不測，但無論如何都相信她能平安地回到這裡一般。

「哼，總算回來了嗎？」宥娜冷哼一聲，不過嘴角卻微微帶著一點弧度，儘管這抹笑容轉瞬即逝。

「羅娜同學，真該說妳幸還是不幸呢。雖然不知道妳發生何事，但妳確實及時趕到了。」選舉委員會的執行長看著羅娜，神情嚴肅地說道。

「哈……真要我說，這已經算是不幸中的大幸了……要不是安倍學姐，我大概也沒有辦法活著來到這裡……」羅娜有些無力地撐起笑容，苦笑著回應，眼神則看向一路上扶著自己的安倍。

「呵，若非羅娜學妹自己很努力地撐到最後，沒有放棄求生，我也是無力回天。」安倍對著羅娜微微一笑。

大概是因為自己是被拯救的那一方，並且正處於虛弱的狀態，安倍的這淺淺一笑，不知為何看在羅娜眼中是如此地迷人與溫柔，讓她心跳不禁有些加快。

搞什麼啊，羅娜妳醒腦點，安倍可是學姐啊……

當初被她一頭撞上的人，正是安倍。看到安倍打開門站在自己面前，雖然當

時頭痛得很，但羅娜卻有一種看到救世主下凡的感動。

後來她才知道，原來安倍是受到所羅門校長的請託。所羅門校長從賽菲口中得知她的下落不明，便派遣安倍來找尋自己。

不知道安倍是如何找到自己的……

羅娜後來才得知，自己被關在離聖王學園不遠處的一棟公寓內。屋內被人布下了咒術，才使她無法召喚出式神。

至於凶手是誰……

羅娜本來篤定就是身為敵對陣營的宥娜，但從宥娜剛才的反應來看，好像有點矛盾跟奇怪？

「太好了，羅娜同學妳沒事……」

另一道心急如焚的聲音從後方傳來，羅娜稍稍轉頭一看，就見匆匆趕來現場、一臉擔憂的安莎莉。

「小安……」

見到安莎莉如此擔心自己，羅娜心頭一暖，不禁綻放一抹苦笑。

她深深覺得，自己能夠活下來，在最後一刻回到現場，真是太好了。

「那麼，既然所有候選人都已到達現場，也就沒有再暫停公告必要了。」選舉委員會的執行長清了清喉嚨，目光重新回到手裡的選舉結果。

深吸一口氣，羅娜推開了安倍的攙扶，在這一刻，她必須以候選人的身分好好站在眾人面前。她拖著沉重的步伐，來到賽菲身邊，與他並肩站著，等候結果宣布。

在這一刻，賽菲給予羅娜一道堅定的眼神，無須言語，就像在鼓勵著羅娜、支持著羅娜以及肯定著羅娜。

兩人相視一笑，隨後同步轉過頭來面向正前方，和其他候選人一起等候答案。

心跳撲通撲通地跳著。

羅娜搞不清楚究竟是緊張還是期待，又或者兩者皆非。在等候的時刻，她突然感覺到賽菲毫無預警地握緊了自己的手。

透過這份力道以及來自對方的體溫，彷彿在向羅娜傳遞溫暖與力量。

沒問題的——

不僅僅是在心中這樣告訴自己，這亦是賽菲想要傳達給她的信念。

選舉委員會的執行長將嘴對準麥克風，在所有鏡頭與人們注目之下，他公告了最終結果：

「本屆獲勝的候選人是——一號候選人宥娜與王任！」

結果宣布的當下，現場一片靜默。

是驚，是喜，是錯愕，是訝然，也有過於開心導致反應不過來的情況。

在這一片沉默之中，選舉委員會的執行長又開口：「一號候選人以二十票的票數差距，贏得了本屆學生會長選舉。待會會將開票結果詳細公告張貼，若有疑問者，請務必於今日二十四小時內提出。」

在執行長洪亮的聲音之後，現場終於有一票人大聲歡呼。

「太好了！是我們贏了！是我們贏啦！」

歡聲雷動的，正是此次贏得勝利的王任與他支持者們。相較之下宥娜則冷靜許多，但臉上也是遮掩不住的喜悅跟驕傲。她向來充滿殺氣與冷酷的臉上，也出現難得的欣喜。

同時，另一邊則呈現完全相反的畫面。

賽菲和羅娜一時間反應不過來，什麼話都沒有說。

「是……我們輸了……？」難以置信，充滿懷疑，羅娜用微微顫抖的聲音問道。

「看樣子，似乎是的。」

儘管賽菲也不太相信眼前的事實，但和羅娜相比卻冷靜許多。

「怎麼會……而且只差二十票……」

羅娜覺得自己就像洩了氣的皮球，搖搖欲墜，好似隨時都會被風吹走。

她簡直要懷疑人生了啊，懷疑自己那麼努力、拚命地要趕回來，到底是為了什麼？

啊啊，靈魂都快被吸走，直接蒸發上天堂了……

「恭喜宥娜同學與王任同學，三天後將正式交接學生會的工作。」選舉委員會的執行長端著笑容，對本次的獲勝者獻上祝賀。

王任不用說，從得知勝出的那一刻起就笑容滿面。在他身旁的宥娜，雖然看得出臉上帶著笑意，但還是一如既往充滿酷勁地接受賀喜。

可惜這些歡樂的情緒與羅娜無關。此時此刻，她只想好好地倒在床上。先睡一覺，其他等醒了再說吧。

第六章

Scepter of Rose King

學生會長選舉結束後，對勝出的人來說，興奮與期待感還再延續。因為學園將會在三天後舉辦學生會長的任命儀式，並且歷屆學生會長皆有一次機會可以親眼一睹「薔薇王者權杖」的風采。

能一睹傳聞中的「薔薇王者權杖」，是多麼幸運與珍貴的一件大事！

羅娜羨慕得要命，她卻不是那雀屏中選的幸運兒。在含恨輸給宥娜後，她這一兩天心情都沮喪不已。

她覺得自己辜負了所羅門校長的期待，更讓賽菲蒙羞。對於那個凡事都拿第一名的優等生來說，這次的選舉簡直就是他人生中一點汙痕吧？

「我的百合花，妳已經盡力了。再說，妳的平安無事遠比選舉結果還要重要。」法哈德出現在羅娜身邊，伸出手來，輕輕地將她摟進懷裡，溫柔地訴說。

「唔，我知道，但還是心情很差……就讓我消沉幾天吧，過陣子就會好了。」

早已習慣和式神之間的肢體碰觸，加上心情低劣，法哈德這輕輕一摟確實有撫慰效果，羅娜並不十分排斥，甚至還覺得有些寬慰。

「吶，心情不好的話，不如讓我幫妳轉移一點注意力吧？娜娜醬？」星滅也蹦了出來，像小狼狗般半跪在羅娜面前，好似可以看到他的狼尾巴興奮地對羅娜搖啊搖。

「你只是想做下流的事吧？」羅娜板著死魚般的眼神，她可是一眼就看穿這

小子呢。

「哎呀，討厭啦，娜娜醬怎麼這麼糟糕，我可沒有那樣想喔！」

「駁回。」完全不想再讓星滅多說下去，羅娜馬上斷然拒絕。

「嗚，好傷我的心啊……為什麼法哈德那個臭魔王就可以摟妳的肩，我什麼都還沒做就被拒絕……」星滅難過地垂下頭來，羅娜甚至可以看到有一對毛茸茸耳朵垂了下來。

「雖然御主大人您拒絕了星滅前輩的提議……」不知何時，最後一名式神凡卓斯也冒了出來，他和往常一樣散發出一種過分的謙卑，雙膝跪在羅娜面前，「但鄙人認為，這不失為一個讓您能打起精神跟轉移注意力的方式……至少，對以往那些膜拜鄙人的信徒來說，他們都很吃這套呢……」

「你這個淫邪之神不要隨意發言啦，每次從你口中吐出來的都不是象牙，而是毒藥！」羅娜沒好氣地翻了個白眼，她就不懂自己的手氣到底是怎麼回事？為何會抽到這個能讓系統混亂的淫亂之魔啊？

難不成……是她本性淫亂？呸呸呸，不要隨便給自己下定論啊，羅娜！

「兩位，請別造成我的百合花困擾。」法哈德冷冷地看著這兩名式神，眼神中充滿冷冽和鄙視。被魔王這麼一瞪，無論是小狼狗還是淫亂之魔都噤若寒蟬了。畢竟，他們和ＳＳＲ等級的式神戰力完全不同啊，惹不起惹不起。

看著法哈德的側顏，羅娜心想，這傢伙自從巴哈姆特離開後，就完全擔起老大的責任呢。不是說不好，相反，有法哈德這樣管控這兩個不定時炸彈也是好事。

可是，羅娜心底就是挺微妙的。

以往，都是巴哈姆特習慣性倚老賣老地斥責，現在那樣的聲音已經不在了，取而代之的是法哈德優雅卻又飽含威壓的嗓音。

不知道……那頭老龍王在宥娜手下過得好不好……

思至此，羅娜不禁眼簾低垂，一縷淡淡的憂傷浮現在臉上。一旁的法哈德注意到了這點，但他沒有多說什麼，僅僅只是抿了一下嘴唇。

就在這時，凡卓斯像是想起了什麼一般，向羅娜提出了一件事。

「對了，話說回來，鄙人想起了一件事……不知道這是不是很重要的事情……」

「什麼事情？就算不重要也沒關係，你已經成功引起我的好奇心了。」多虧了凡卓斯的打岔，讓羅娜沒有繼續沉浸在失去巴哈姆特的感傷之中，她抬起頭來，恢復正常的表情問向凡卓斯。

「就是這個。」

凡卓斯從自己的口袋裡拿出一張紙條，一張看似不起眼、皺巴巴的小紙條。

「鄙人今天下午在御主大人您寢室的門縫中發現的……」

「快拿來我看看！」

羅娜立刻伸手搶過紙條，她的直覺告訴自己，這絕非只是一張剛好落在門縫裡的普通垃圾。

她馬上攤開紙條一看，果真有一行字映入眼簾。

「這是……」看到紙條的當下，羅娜臉色一變，神經立刻緊繃起來。

「娜娜醬怎麼了？瞧妳一臉驚訝的表情，到底看到什麼了啊？」好奇寶寶星滅趕緊催問。

羅娜深吸一口氣，將紙條轉了過來，攤給大家看：「上頭寫著——塔羅將襲擊學生會長的任命儀式！」

羅娜拿著紙條的手微微顫抖，不過卻是驚訝大過於恐慌。

「塔羅？等等，這可是大事情啊！怎麼會寫在這種紙條上？而且還塞在門縫裡？」星滅聽到的當下同樣一臉錯愕。

「很可能是……對方並不能太過高調讓我們知道，只能用最快速、最隱密的方式……」法哈德一手拄著下巴，認真思索。

「到底是誰？會是誰傳這種消息過來？再說，這能相信嗎？」星滅還是不願相信，不斷提出他的質疑。

「你說的沒錯，但是，法哈德的猜測也沒有問題。」羅娜眉頭深鎖，「問題

就在於，能知道『塔羅』這個組織的人並不多，況且我也不認為有人會拿塔羅來惡作劇。」

羅娜認為這是最接近事實的推測，於是她下定決心：「我決定了，我要阻止塔羅襲擊學生會長的任命儀式，無論如何，不管塔羅的目的是什麼，或這是否為假消息，我都要阻止。」

「確定嗎？真要這麼做？這會不會是個陷阱啊？娜娜醬妳可要想清楚！」星滅擔憂地看著羅娜。以他的直覺來看，羅娜最好不要插手，誰知道這會不會是引誘她上鉤的釣餌！

「星滅，我明白你的擔心，只是如果是引誘我的陷阱倒還好，這樣頂多只有我一個人受害。可是，倘若塔羅真的要襲擊任命儀式呢？到時有更多人在場，加上我們也不曉得他們襲擊的目標，這樣會造成更大的損失吧？」為了說服星滅，羅娜也詳細地說出自己的看法。

「妳是聖母嗎？居然覺得只有自己受害的話是小事……娜娜醬，有時候我真的很討厭妳這樣。」知道自己拿羅娜沒轍，星滅雙手抱胸，沒好氣地回應。

聽了星滅的話後，羅娜微微一笑：「聖母什麼的我可不敢當，沒有聖母像我一樣狡猾吧？我只是覺得，不能放任不管，這樣我會一直陷在糾結的情緒裡的。說穿了，其實我也只是為了我自己，想報復塔羅而已。」

「哼，這樣才對嘛，如果是這種說法我就勉為其難接受吧。」

其實，無論接不接受，身為羅娜的式神，星滅最終也只能同意羅娜這麼做。

「那麼……請問御主大人該如何阻止呢？」凡卓斯納悶地提問。

「事關塔羅，不能隨意找別人幫忙，但只靠我一個人應該應付不了……」

由於上次和塔羅對戰時吃了虧，羅娜深刻體悟到絕對不能貿然行動，也明白自己的能耐有限。

認真地想了想後，羅娜最後得出了兩個人選。

「把賽菲和安倍學姐都找來幫忙吧！這兩個人，我想是值得信任且能力在水準之上！」彈指一聲，羅娜果斷地做出決定。

身為資優生的賽菲確實很強，而安倍更是深不可測。能夠成為所羅門校長器重之人，甚至還特意派安倍來救出自己，就是因為了解安倍的實力吧？

「那兩人確實是不錯的人選。」法哈德一手托著腮，認真地深思了一下，得出這樣的結論。

「我說娜娜醬，妳聽好了喔，就算找來幫手，妳可別忘了真正的伙伴還是我們這些式神喔！」星滅指著羅娜的鼻頭，加重語氣強調。

「我知道，這次的任務一樣得依靠你們了，我的式神們。」羅娜嘴角漾開一抹微笑。

坦白說，她也很清楚，無論如何，幫手就只是幫手，若到了危急之時，真正能夠依賴的也只有自己的式神。

這點，羅娜不會忘記的。

「不過，鄙人認為像這樣的事情，還是得通報一下聖王學園的校長吧？」凡卓斯對著羅娜提問。

「那是當然的，如果這個情報是真的，將會影響整個聖王學園。這次，必須讓校長有所提防準備才行，順便請他幫我們安排安倍學姐的協助。」羅娜向凡卓斯點了點頭，隨後站起身，「現在，我就立刻去通報所羅門校長。」

再次來到位於聖王學園中央校區的校長行政辦公室，羅娜的心情和之前卻大不相同了。

「校長您好，我是花嫁系一年級的羅娜，有件事想找您談一談。」在敲門之後，羅娜隔著門扉報上姓名，聲音比平時還要穩重嚴謹。

「請進，羅娜同學。」

門內傳來熟悉的男性嗓音，還是一如既往地好聽順耳，這就是所羅門校長給人的一種形象跟魅力所在。當然，對羅娜來說，所羅門校長的魅力遠不止這些。

「是，謝謝校長，那麼就打擾了。」得到允諾之後，羅娜再次禮貌地回應，

轉開門把走進校長室。一踏入校長室，映入眼簾的便是坐在辦公桌前、等候羅娜的所羅門校長。

和往常所看到的所羅門校長一樣，羅娜總能從這位聖王學園的校長身上，看到彷彿無窮盡的智慧氣息跟優雅，每每見到時，羅娜都不禁在心中感嘆著，所羅門校長猶如高山一般，自己卻像沙粒一般渺小，只能抬頭仰望，並於內心裡讚嘆。

除了敬仰之外，羅娜對眼前的校長也總是懷有一分緊張和小心翼翼。

「羅娜同學今日特別前來，有什麼事嗎？」所羅門校長溫柔地微微一笑，問著站在自己面前、有些緊張的羅娜。

「校長，我不知道該如何啟齒，但我想無論這是不是真的，都應該要讓您知道。」

「既然羅娜同學都說到這個地步了，身為校長，我當然有義務聆聽羅娜同學的話了。」所羅門校長又道：「再說了，以我對羅娜同學的了解，肯定是很重要的事情，妳才會特意來到我的辦公室。」

「非常感謝校長……那麼，我就直說了。」羅娜從口袋裡取出她得到的那張紙條，「校長，我收到了這張紙條，上面寫著——塔羅即將襲擊學生會長任命儀式。」

此話一出，校長室內的空氣立刻變得凝重，所羅門校長的臉色也隨之一沉。

過了一會，所羅門校長才對著羅娜說：「塔羅嗎？我明白了，我會加派人手於當天駐紮巡邏，並且做好萬全的準備。」

所羅門校長的回答反而讓羅娜一愣，有些意外地問道：「那個，請問校長完全不會質疑我說的嗎？」

「嗯？為何要質疑？有需要質疑的地方嗎？」

「唔，好、好比如這個消息是怎麼來的？正確嗎？會不會是我太大驚小怪……諸如此類的……」沒想到所羅門校長這麼簡單就接受，完全沒有懷疑羅娜所說的話，這讓羅娜很是驚訝。

反觀所羅門校長依然自若平靜地回答：「羅娜同學，妳覺得自己在說謊嗎？或者，在對我開玩笑嗎？」

「當、當然沒有！豈敢！」羅娜馬上搖頭否認。

她又不是想找死，哪敢開聖王學園的校長這種玩笑！

「那就對了。」所羅門校長溫柔地微微一笑，「我也相信羅娜同學，因此判斷妳帶來的情報是有意義且需要重視的。至於妳是如何得知、是否驗證過真假……那些都不是重點，當務之急是要準備好應對措施。」

「校長……」

有那麼一瞬間，羅娜頗為感動。要不是和所羅門是師生關係，年紀差距還有

點大，她可能真的會喜歡上這個優秀溫柔的男人！

「謝謝羅娜同學的通報，那麼，妳還有什麼想要跟我說的嗎？」看著羅娜，所羅門校長溫和地問道。

「有、有的！那個，雖然不知道校長您打算怎麼做，但我想出一份力！不知我能否一同參與這次行動？儘管這次的選舉是我輸了，但是……」

「我明白的，羅娜同學。」沒有讓羅娜繼續解釋下去，所羅門校長便做出了回答，「就照妳希望的那樣辦吧，敗選並不是妳的責任，羅娜同學。」

所羅門校長隨後補充道：「況且當初妳是被惡意綁架，有人在背後操控著選舉，雖然投票結果確實是輸了，但這並不怪妳。依我看，綁架妳的人很可能也是塔羅。」

「難道不是宥娜做的？」

聽到所羅門校長的話後，羅娜再度有些意外，明明最大受益者是宥娜啊！

「現在並不好說明，但是，在妳跟我通報了這個塔羅襲擊的消息後，我更加認為這一切都與塔羅有關。」

「什麼……但他們到底在盤算什麼啊……」

如果所羅門校長的推測為真，那塔羅的陰謀究竟為何？這實在讓羅娜越想越頭疼！

「以防萬一，我會加派斯巴達教官與妳一同參與，在危急之刻，他會是妳有力的支援。」所羅門校長沒有直接回應羅娜的問題，而是給了羅娜一位強而有力的援手。校長願意替她的安危著想，多派一位教官保護自己，真是太溫柔了。

「是，非常感謝校長！」羅娜向所羅門校長再次鄭重地道謝後，深吸一口氣，轉過身準備離開校長室。

她有股預感——

這次與塔羅的交手，對她來說，或許會是無比棘手的一次挑戰。

第七章

Scepter of Rose King

紅色的繫繩垂掛在胸前，連帶著一張工作人員證件，象徵著她今天是本次儀式活動中的一員。

羅娜、賽菲、安倍以及斯巴達教官身上，都掛著一樣的證件，他們個個神色嚴肅，等待著任命儀式的開幕。

很快就到了這一天——聖王學園學生會會長與副會長的任命儀式。

自己本該沒有參與的分，畢竟她和賽菲都是選輸的那一組，理應是不可以出現在這裡的。

歷屆聖王學園學生會會長與副會長的任命儀式，總共會分成兩個階段。第一階段是在全體師生面前接受證書頒發，代表從今日起就成為本屆聖王學園的學生會長與副會長。

這個階段，是人人都可參與的，但第二階段卻不是如此。

第二階段，是除了少數工作人員以及聖王學園高層——好比所羅門校長和區主任——以及學生會長與副會長本人外，一般教職員及學生皆不得參與。

本來和這兩者完全沾不上邊的羅娜與賽菲，卻因為羅娜先前向所羅門校長通報的消息後，被授與「保安人員」的身分得以出現在此。

安倍學姐和斯巴達教官那邊是由所羅門校長負責。至於賽菲，所羅門校長則把這個工作派給了羅娜。

賽菲可不是一個好搞的人，為了把整個來龍去脈說給賽菲聽，羅娜可真是煞費苦心。和所羅門校長的通達明理、果敢乾脆完全相反，賽菲把所有能想到甚至想不到的疑問都丟了出來，徹徹底底質問了羅娜好一陣子，花了不少時間精力後，才同意和羅娜一同出席今日的任命儀式。

於是，羅娜和賽菲一行人以保全人員的身分在參加完第一階段的授證典禮後，準備和新任學生會長與副會長以及其他工作人員一同轉移陣地。

「A區這邊已經準備好了，over。」羅娜手持著黑色對講機，壓低嗓音回報狀況。

「我們這邊也準備好了，學生會長他們待會就會過去。」羅娜耳朵上掛著的黑色小蜜蜂耳機也傳來另一邊的回應。

現在，眾人正要從授證會場離開，搭車前往「薔薇王者權杖」的所在之處。

這是聖王學園學生會長與副會長的權利，也是一個長久流傳下來的傳統。但為何會有這樣的傳統，羅娜並沒有太多的了解。

反正現在她也不是會長，如今眼下最重要的，是阻止塔羅的襲擊而已。很快地，新任學生會長宥娜以及她的搭檔副會長王任，和一些聖王學園的高層，已經出現在羅娜的視線範圍內。

羅娜趕緊深吸一口氣，開始工作。她的工作是護送這群人上車，並且提防與

應對任何突發狀況。

嚴格來說，這並不是一個聖王學園一年級生需要做的事，但羅娜明白，聖王學園內有塔羅的內應，校長只能將重責大任交給信任的人。

除此之外，羅娜也發現除了他們幾個熟面孔以外，護送的隊伍中也編列了不少武裝保全。

不過，羅娜猜想那群人是不可能跟到最後，因為這些武裝保全身上並沒有像她身上一樣的識別證。

能夠跟隨到最後、身上掛有識別證的人，都在行前簽署了保密協議。簡單來說，今天所看到的一切，全都不準外洩，如有洩密者，將會被革除聖王學園學生身分以外，還會有相當可怕的「懲處」。

羅娜不是傻子，也絕對不會去碰觸底線，於是很快就簽下了保密協議。

看著宥娜等人上了黑色保姆車後，羅娜也趕緊進入第二輛車內。她有種很奇怪的感覺，明明宥娜對她來說就像是敵對一般的存在，今日她卻必須以保護者的身分守著她。

明明那傢伙搞不好就是內應啊……

羅娜在腦海裡想著，這句話也被體內待命的星滅聽見。

「嘿，娜娜醬，說不定今天就會知道那女人是不是內應啦！」

「哦？這話怎麼說？」聽到星滅的話後，羅娜好奇心被挑起，忍不住反問對方。當然他倆之間的對話僅止於意識溝通，不然就會被車上其他人聽見了。

「妳想想看嘛，如果到時真的遭到塔羅襲擊，若是宥娜表現出一副早有準備、蓄勢待發的樣子，那她肯定就是塔羅的內應啊。因為她早就知道今天塔羅的行動，包含選上學生會長也可能是塔羅交代給她的任務之一。」

「真沒想到會從你這小子嘴裡聽到這麼有邏輯的推測，還真是小看你了啊，星滅。」羅娜頗為意外，這小子平常只會出些餿主意或爭爭寵（？）而已。唔，想想這倒也是，這傢伙可是當初接露娜娜醬偽裝的狡猾之人呢，的確要有點腦袋才是。

「我說娜娜醬，妳是不是小看我了啊？現在才知道我聰明絕頂嗎？」

雖然沒有直接看到人，但羅娜彷彿可以見到星滅雙手抱胸、抬高下巴的高傲模樣。

沒有繼續和星滅閒聊下去，羅娜和賽菲、安倍坐在同一輛保姆車內，一路上車窗都是關閉的狀態，他們看不到外頭的景象，就連駕駛座前的擋風玻璃也被貼成一片漆黑。

這讓羅娜很納悶，這是要如何開車呢？

似乎是注意到羅娜的在意，一旁的安倍像是讀懂她心思，主動開口：「這些

車都是自動駕駛的車款，因此擋風玻璃才會全部被貼上黑膠。」

「咦，原來是自動駕駛啊！我還想說都看不到外頭景象是要怎麼駕駛呢。」

聽完安倍的說明後，羅娜總算解開心頭的疑惑。雖然早有聽聞自動駕駛的車款，但目前為止都是專屬於有錢人的車款。聖王學園還真是不乏資金，居然可以找來這麼多臺自動駕駛的保姆車，這其中的目的，就是為了不讓乘客看到行經的路線吧？

還真是神祕呢——薔薇王者權杖。

「塔羅……會不會挑車輛行進的期間出手呢……」羅娜握緊拳頭，一想到塔羅，全身的血液就不自覺地凝結一般，身體緊繃。

「倘若我是塔羅的領導，應該不會挑選這時間點出手……」

「為什麼安倍學姐會這麼認為？」羅娜轉過頭去問向安倍。

「哼，還真是愚蠢，妳到現在還沒意會到塔羅的目的嗎？」明明是羅娜在向安倍提問，中途卻被賽菲冷冷白了一眼。

「真是不好意思喔，我就是沒有你這麼聰明。話說你們都猜到塔羅的目的了？」羅娜聳了聳肩膀，她一點也不在意被這麼諷刺，反正無論是安倍還是賽菲，都是聖王學園裡高人一等的優等生，她很清楚自己實力。

「塔羅的目的，當然是為了『薔薇王者權杖』了。」賽菲肯定地回答了羅娜

的疑問。

「等等，為了薔薇王者的權杖？」

羅娜倒抽一口氣，雖然隱約有猜想到這一可能，但薔薇王者的權杖並不是一般人能夠控制的啊。

「薔薇王者的權杖」，據說擁有絕對的力量，是接近神一般存在的聖遺物。但是，能夠運用它的人，在這世上寥寥無幾，一般普羅大眾根本就不知道該怎麼使用它的力量。

曾經，有人試圖想要奪取薔薇王者權杖，但對方一碰觸到權杖就像被瞬間蒸發一樣，消失得一乾二淨。

羅娜不禁懷疑，塔羅有那麼傻嗎？

會派手下去做這麼危險的事情？

正當羅娜還在為此感到疑惑的時候，行進中的車輛已開始放慢速度，看樣子是快抵達目的地了。

當車子完全停下後，車門應聲開啟，車上的人彼此互看一眼後，迅速下車。

「這裡就是……存放薔薇王者權杖的地點？」

羅娜抬起頭來，仰望著這棟高聳的白色尖塔。

羅娜很快就注意到，這不是普通的白色尖塔。

在這白色尖塔的四周，矗立著一根根像是電線桿的白色物體，一根根環繞著尖塔、將之包圍。

「那是電磁網，專門發射出電磁波來隱藏覆蓋著這座尖塔，不讓外界察覺這座尖塔的存在。換句話說，若從外面的角度看來，這裡不過是一片平地，什麼也沒有。」安倍的聲音再次傳來，為羅娜解開疑惑。

「安倍學姐，妳不是第一次來到這裡，對嗎？不然怎麼會什麼都知道呢？」

「嗯，去年因為所羅門校長的關係，有幸得以參與。」安倍微笑地點了點頭。

「突然覺得安倍學姐可靠度加倍了呢，畢竟有經驗了嘛！」羅娜笑了笑，心底確實較為放心了些。

「不要總是想依靠別人，這樣是不會成長的。」在羅娜說完話後，回應的人不是安倍，反倒是一旁聽著她們對話的賽菲，「給我繃緊神經，來到這裡後，塔羅的人隨時都可能會出現。」

話音一落，賽菲便轉過頭去。

羅娜心想，賽菲說得沒錯，自己確實太放鬆了點。

現在，才是真正考驗的開始——

提振精神後，羅娜看著前方的宥娜和王任，以及所羅門校長等高層下了車，羅娜則跟在他們之後一同進入眼前這座白色尖塔。

雖然身在此處，羅娜卻完全不了解這是什麼地方。不過現在也不是思考這個的時候，她必須好好執行身為保安人員的職責，和賽菲、安倍一起謹慎地戒備周遭，隨時應對突發狀況。

行走期間，一路上都十分安靜，就好像一根針掉在地上都會被放大聽見似的。

在這種情況下，羅娜不由得越來越緊張，下意識地頻頻連嚥口水。

直走，左轉，右轉，最後是一連串向上彎延的螺旋階梯。不知道走了多久，只知道他們越爬越高，最後終於來到一個平臺前。

隊伍中的所羅門校長走向前，他緩緩轉過身來，面向眾人。

「待會，我們即將展示薔薇王者的權杖，展示過程只有五分鐘，五分鐘後會立刻將權杖歸放回原處。」

在所羅門校長這麼說後，現場眾人皆以點頭代替出聲回答。或許是氛圍太過緊張，大家都像是繃緊神經似的——除了宥娜。

羅娜打從一下車就一直觀察著宥娜，宥娜是她最為懷疑的對象，只是這一路上，宥娜都給她一種跟平常沒兩樣的感覺。

「現在，即將要展示在諸位面前的——就是高貴聖潔的聖遺物，由我們聖王學園與政府協力保管的『薔薇王者權杖』。」

所羅門校長一邊說，一邊按口袋中的開關。剎那，一股白色霧氣從前方噴發而出！

當下，大多數的人都下意識地舉起手來遮掩，羅娜也是其中一人。但在瞇眼的過程中，她卻隱約見到宥娜、安倍和所羅門校長等人，卻一點動作也沒有，顯得十分泰然鎮定。一想到自己這方面略遜宥娜一籌，羅娜就覺得必須爭口氣，也趕緊將手放下，勉強接受著這迎面而來的冷冰霧氣。

在霧氣散得差不多時，緊接而來的，是眾人的一片驚嘆。

前方，正緩緩升起一根雕刻精緻的白色大理石柱，上頭則懸空飄浮著一樣物品——正是傳聞中的「薔薇王者權杖」！

那是一根黃金鑄造的權杖，上頭以鬼斧神工般的精湛技藝，雕刻點綴著金色的玫瑰，在權杖的最上方則融合了星辰與月亮的圖騰，中間則是一顆散發出璀璨光芒的玫瑰色水晶。

羅娜這輩子從沒看過這麼美且帶著一股令人敬畏的物品！

腦海裡彷彿找不出任何一種形容詞來描繪它的美麗及神聖莊嚴。

「這就是……薔薇王者的權杖……」羅娜驚嘆著，仰望著那懸浮在半空中的權杖。

「現在計時五分鐘，五分鐘後會立刻關閉展示。」所羅門校長的聲音再度傳

來，低沉嚴肅的嗓音讓羅娜瞬間清醒過來。她剛剛完全深陷在薔薇王者權杖展現的美麗之中，完全忘了有時間限制這一回事。

再說——

她也不能一直將注意力都放在權杖上頭，忘了自己跟著來到這裡是為了什麼。

「這五分鐘，是最危險的時刻，繃緊神經好好查看四周，羅娜學妹。」安倍的聲音從後頭冒了出來，羅娜倒抽一口氣，她先是點了點頭，接著馬上投入警備的狀態。

不止安倍，賽菲也已早一步準備好隨時開戰的姿態，更不用說從頭到尾都在戒備的斯巴達教官。

只有自己，竟然在方才一時間忘了自身的責任……羅娜不禁在心底責罵著自己。

滴答，滴答，滴答。

彷彿可以聽到自己手表上指針移動的聲音，時間分秒流逝，羅娜卻覺得彷彿比平時過得更為緩慢。

空氣有如凝結，羅娜吸進去的每一口氣都冷徹肺腑。

塔羅隨時都有可能出現，隨時都有可能讓這本來看似無害的局面變得動盪不

安。

「剩下最後兩分鐘。」所羅門校長看著手表說道。

「再兩分鐘……」

羅娜嚥下一口口水，心想如果最危險的時刻就是在展示權杖的期間，那麼只要熬過這最後的兩分鐘，是不是就可以稍微鬆口氣了？

她不斷調整呼吸，告訴自己只要再堅持一下下就好，她寧可自己當初獲得的情報是錯的，即使事後被所羅門校長責罰都不要緊。

因為她很清楚，一旦塔羅真的襲擊，絕對是相當棘手的事情。

「最後一分鐘，薔薇王者權杖的展示即將關閉——」所羅門校長的提醒再度出現，可就在這時——

「奇怪？」身為副會長的王任愣了一下，指著前方，「不是說還剩最後一分鐘？為什麼權杖已經看不到了？」

此話一出，本來還在觀望查看四周動靜的羅娜等人，立刻將注意力集中到前方的展示臺上。

「怎麼會，薔薇王者的權杖不見了……」

羅娜睜大雙眼看著前方，她起先是錯愕，腦袋本來還在思考著只要撐過最後的時間就可以了，但她馬上察覺到事情不對！

「是塔羅！塔羅發動攻擊了！」羅娜才剛反應過來，耳邊就先傳來賽菲大聲的警告！

「塔羅？塔羅是什麼啊？喂喂！到底是發生什麼事？」最先提出問題的王任完全在狀況外，他傻眼地看著周遭的人。

這時，所羅門校長早就下達各種指示。區主任一收到所羅門的眼神示意，立刻轉身離開現場，進行通報與後續處理。至於斯巴達教官接收到所羅門下達的搜查敵人的指令，也同樣離開現場。

最後，只剩下宥娜、王任以及作為保安人員的羅娜三人組。只是更令人匪夷所思的是，他們至今仍未見到任何塔羅成員的身影。但可以確定，薔薇王者的權杖確實已經消失在平臺之上。

「薔薇王者的權杖，被人動了手腳。」所羅門校長面對著剩下的人，正色且嚴肅地說著，此刻他比平時更多了一股凜冽的殺氣。

絲毫不像是一名教職人員會有的冷冽殺意。

所羅門校長肯定是動怒了。羅娜被他這股怒氣弄得更為緊張，甚至有些害怕起來。

「我在此之前已經收到通報，今日將會有人襲擊——你們現場所有人的任務，就是找出犯人並找回薔薇王者的權杖。」目光炯炯地掃過每一個人，所羅門

校長隨後又道：「薔薇王者的權杖不僅攸關我們聖王學園名譽，更是威脅到國家政府，我必須先行離開處理，你們若是沒有找出犯人並奪回薔薇王者的權杖——」刻意地拉長尾音，刻意沒把話說完，所羅門校長臨走前只留下一抹令羅娜打從心底發寒的陰冷微笑。

好可怕——

就像說沒抓到犯人、沒拿回權杖就不用活著回去一樣！

眼看所羅門校長拋下狠話後就轉身離開，大伙正急著要找出犯人時，宥娜卻突然冒出一句話。

「他們，派了那傢伙來嗎？」

此話一出，現場眾人臉色一變，羅娜更是第一時間質問宥娜。

「妳果然已經知道會有襲擊了嗎？宥娜！」

「妳在胡說什麼，這種事我壓根就不曉得。」宥娜冷冷地挑了一下眉頭。

「別裝了！塔羅的內應也是妳對吧？不然妳剛剛那句話是什麼意思！」羅娜不客氣地繼續砲轟宥娜，直指著對方大喊。

「內應？哼，太愚蠢了，居然會這麼問我。剛剛那句話的意思，只是我知道做出這種無聊把戲的人是誰而已。」面對羅娜的指責，宥娜依然故我，僅僅只是皺了皺眉頭。

羅娜簡直快受不了，正準備召喚出式神和宥娜決戰之際，忽然又有一道聲音闖入現場：「哎呀，不用我出手就已經要開打了嗎？好傷心啊，我還以為你們會有人注意到我呢。」

「這、這聲音……」一聽到陌生的男性聲音，王任頓時緊張地叫了出來，著急地左右查看。

「好久不見了，各位。有交過手跟沒交過手的朋友們——在下是塔羅的成員，代號『魔術師』，還請多多指教。」

自稱魔術師的男人突然從天而降，在一堆撲克牌之中冒出身影，華麗登場！

「又是你！啊，該不會薔薇王者權杖就是你偷走的！」羅娜驚訝地對著魔術師叫道，隨後才猛然想到這傢伙就是讓薔薇王者權杖消失的最大嫌疑犯！

「是你變的把戲吧？把薔薇王者權杖憑空變不見，這種手法我一猜就是你。」宥娜一手扠腰，冷冷地問向魔術師。

「宥娜，妳這種態度讓我很傷心喔？我們不是伙伴嗎？」魔術師一副故作受傷地反問宥娜。他和先前羅娜所見的一樣，依然梳著一頭俐落的油頭，一身潔白無瑕的白色西裝搭配著一件紅色披風。彷彿每次都用熨斗精心燙過的西裝外套上則別著一枚醒目的海妖圖騰胸針。

「誰跟你是伙伴。」宥娜不以為然地冷哼一聲，別過目光。

「真是讓人心碎……嗯？」魔術師的話還未說完，忽然一發子彈就朝他發射而去！

「交出權杖，塔羅的走狗！」賽菲手持銀槍，毫不猶豫瞄準魔術師開了數槍！

「哎呀，什麼走狗，真難聽。」只見魔術師彈指一聲，一道撲克牌組成的屏障瞬間擋下子彈！

「聖王學園的優等生講話怎麼可以如此難聽呢？」魔術師回過頭來，笑看著一臉糾結的賽菲，「再說，你就只有這點能耐嗎？別讓我對聖王學園的學生素質太失望啊——」

擺著燦爛笑容，卻在下一秒冷不防做出回擊，魔術師召喚出他的式神：「紅心騎士，華麗登場吧！使出招式——『接龍』！」

剎那，一長串的撲克牌宛如一條巨龍，瞬間將龍尾掃向賽菲！

「哼，這在遠古的鋼鐵堡主厄亥俄斯面前都不算什麼！」

賽菲立即召喚出前陣子抽到的新式神厄亥俄斯，只見一名全身裹著沉重灰色鋼鐵鎧甲的高大男人舉著盾牌，輕鬆擋下魔術師的攻擊。

「哦，SSR式神嗎？真不錯呢，這樣才有一點看頭啊。」魔術師勾了勾嘴角，興味盎然地看著賽菲召喚出式神防禦。

「快把薔薇王者權杖交出來！」賽菲一邊讓厄亥俄斯進行防禦，一邊持續朝魔術師開槍射擊，銀色子彈在瞬間一分為二、二分為三，最後變成四顆子彈全方位朝魔術師飛去！

「我就是來盜走它的，怎麼可以說交出來就交出來呢？況且上次沒偷成功，這次要是再失手，我可就難跟咱們的『皇后』交代了。」

魔術師隨即讓紅心騎士使出下一記攻擊，「紅心騎士，使出『吹牛』——我們的防禦力可是比鋼鐵堡主更高呢。」

剎那，一張張撲克牌突然朝四面八方飛去，精準地擋下來自各角度射來的子彈！

「居然可以躲過我的攻擊……」賽菲握緊拳頭，更加氣憤地看著魔術師。接著轉過頭去對著羅娜大喊：「妳是不會來幫忙嗎！」

「我是很想……但是，現在這邊也很棘手呢。」羅娜壓低嗓音，喉嚨有些乾澀地回應賽菲。此時此刻，她已經召喚出法哈德以及星滅兩名式神，同時，再場上與之對峙的目標則是宥娜。

賽菲終於看到這不對勁的局面，他卻自顧不暇，魔術師持續朝他發動攻擊，他沒有任何閒暇可以了解羅娜那邊的情況。

「我的百合花……妳做好心理準備了嗎？」法哈德低聲問向羅娜，羅娜則板

著一張五味雜陳又僵硬的臉。她的心情很沉重，幾乎快將她壓得喘不過氣。

她明白法哈德這麼問自己的原因，此刻她的對手是宥娜——而卻宥娜不再是以前的宥娜，如今是與巴哈姆特訂下契約的御主。

「喂，娜娜醬，不要勉強自己，要不妳就閉上眼睛交給我們吧？」星滅也關心地詢問。

羅娜深深地、深深地吸了一口氣，彷彿要讓冷空氣塞滿整個肺部一樣，最後才緩緩說出：「我不要緊——我早知道會有這一刻的到來。」

她不想逃避。

應該說，逃避也沒有用，只會讓整個局面變得更加難看不利。

一分鐘前，宥娜本來還沒有成為敵人的可能，但現在宥娜的身邊，卻多了一道羅娜從未見過的嬌小身影。

「宥娜，是個很好的武力擔當，『皇后』是這麼對我說的喔。」一名身形嬌小、穿著白色蕾絲小洋裝、頭上別著一朵白色雛菊當作髮飾的小女孩，用著與外表截然不同的成熟大人口吻說道。

她一手抱著泰迪熊娃娃，雙眼又大又圓，睫毛纖長，整個人看起來比泰迪熊更像是娃娃般的存在。如此可愛漂亮，卻沒人敢對她疏忽大意，因為她胸前也別了一枚海妖圖騰的胸針，那塔羅成員的象徵。

「這女孩……也是塔羅的成員，之前我曾經打聽過她的消息。」在羅娜身邊的安倍同樣謹慎戒備，她小聲地說：「聽聞塔羅裡有一名少女——不，應該說是女孩，具有可以操控他人的能力。」

「操控他人？這是式神的能力？」

聽到安倍這麼說的當下，羅娜顯得有些驚訝，第一直覺就是想到這會不會是這名女孩的式神所為？

但目前看來，完全不見她式神的蹤影……

「不，看樣子是她本身的能力……所以這才十分棘手。」安倍一邊觀察著女孩，一邊回應羅娜的提問。同時也不敢放鬆警戒，她隨後將目光投向宥娜：「依我看，是她操控了宥娜學妹，打算操控她來和我們交戰。」

不用安倍特別說出這段話，羅娜也看得出來，此時的宥娜相當不對勁，眼神混濁、殺氣騰騰，因此她早有了要和宥娜對戰的準備。

「阿姨們在討論什麼呢？我還真想參與一下呢，只是我太年輕了，實在聽不懂妳們長輩之間的對話喔。」如洋娃娃般的少女眨眨眼睛，表情無辜，卻說著相當惡毒的話。

「哇，這小女孩不簡單，有這麼可愛的外表，卻說這麼狠毒的話……」到現在仍一頭霧水、沒搞清楚來龍去脈的王任，在一旁咋舌驚嘆。

「我說王任，拜託你快點進入狀況好嗎？敵人都在眼前了還不快做好應戰準備！」羅娜轉過頭對王任咆哮。那個暴發戶笨蛋不講話都快忘了他存在，都這種時候了，那傻子竟還沒叫出式神備戰？

她都要懷疑那傢伙是不是靠後門才考進聖王學園了啊！

「可、可是這到底怎麼回事……算了！我、我知道了，既然是妳的請求我、我就勉為其難照做吧！」

雖然還是不明瞭現況，但被羅娜這麼一凶，王任也趕緊叫出自己的式神。

「我說『星星』啊，妳可別貪玩喔？今天皇后特地把妳叫上，就是為了一雪上一次任務失敗的恥辱，妳是被咱們家的女王大人寄與深厚的期望喔。」一旁和賽菲戰鬥中的魔術師，似乎還頗有閒情，不忘對另一邊的女孩，代號「星星」的同伴喊話。

「那種事情用不著擔心，大叔。」星星依然嘴毒地回應對方，不管對象是不是自家伙伴，她都一律不留情面地吐槽。

「我會處理好一切的，星星定會完成那位大人的指令。」星星面無表情地擺動手中的泰迪熊，「宥娜，聽我命令，為那位大人獻上妳的力量吧——」

話音一落，宥娜便搖晃著身子，口中念念有詞，隨後便召喚出兩道身影——一名為宮本次郎，另外一名，便是讓羅娜胸口為之一緊的——

「喂，我說吊車尾的，什麼時候那頭龍王跑去當宥娜的式神了啊！」王任驚訝地張大嘴巴，難以相信巴哈姆特居然不再是羅娜的式神。

「現在不是說這個的時候，王任學弟。」安倍注意到羅娜五味雜陳的表情，便代替她回應了王任，「當務之急，是要讓宥娜學妹恢復清醒，以及奪回薔薇王者的權杖。」

雖是這樣說，但安倍多少有點擔心羅娜的狀況……

羅娜此時面對著她過去的式神，曾經與她最為親密且一路並肩作戰的巴哈姆特，她的神情是久違的凝重。

「好久不見了……該稱呼妳為……前御主嗎？」巴哈姆特同樣帶著苦澀的笑容和百感交集的神情看著羅娜。

兩人一樣都處於相見尷尬卻又立場相對的情況。

若是可以，真不想彼此傷害。

這是羅娜與巴哈姆特心裡最希望的事。

但他們深知，這是不可能實現的願望。

「啊……你過得好嗎？有沒有……得到你想要的結果了……」羅娜沉著臉，對面著巴哈姆特。這是打從巴哈姆特離開自己去到宥娜身邊後，她第一次和對方說話。

原以為可以得到巴哈姆特的回答，但巴哈姆特還未開口，一旁沉默寡言的宮本次郎已率先朝羅娜展開攻擊！

「別想傷害我的百合花。」法哈德第一時間挺身而出，以身擋在羅娜的面前，與宮本次郎展開對戰！

雖然宥娜被星星所控制，但她的話仍對巴哈姆特有強制力。她直指著羅娜，對巴哈姆特下達命令。

「出擊，巴哈姆特。」

「……遵命，御主。」

沉默了一會，巴哈姆特走向前方，對羅娜展開進攻。

「娜娜醬的安全就由我來守護！」

眼看巴哈姆特欲上前攻擊，星滅也馬上為自己的御主，更為自己所愛之人而戰！

看著自己星滅和巴哈姆特戰鬥，羅娜自是心痛難耐，但她只能咬牙苦撐，忍著痛苦和巴哈姆特對戰。

另一方面，安倍看準了星星一個人落單，與其和宥娜對戰、加入戰局，安倍認為先拿下操控宥娜的星星才是最快的捷徑。

就像是早已預料到星星的防備較弱，在安倍要朝星星出手之際——一道強悍

的身影颯然闖入！

僅僅露出一對冷冽的雙眼，以及一頭綁得整整齊齊的金色長馬尾，以強勢的身姿赫然闖入安倍和星星之間的，儼然是擔任星星的守護者，其名為——

「戰車，就交給你了。」

塔羅的成員，代號「戰車」的高大之人，凜然強大的殺氣讓安倍感到一絲敬畏。

一身冷鐵灰色的鎧甲，全副武裝，整體看上去和他的代號十分相稱。

「呵……這樣才對，不然就太無趣了。」安倍笑盈盈地看著擋在自己面前的戰車，那張笑臉就像對著戀人那般迷人地笑著，讓人難以揣測安倍此時內心真正的想法。

各方戰事一觸即發，所有人的目的都是為了爭奪薔薇王者的權杖！

羅娜眼睜睜看著自己曾經最為熟悉的巴哈姆特，如今成為了彼此相殺的敵人……

她的心，越來越疼。

胸口也好似上了枷鎖一般，被緊緊地捆綁著。

隨著時間拉長，戰況越來越明朗。賽菲漸漸不敵魔術師那飄忽不定、難以捉摸的攻擊與防禦；安倍則與代號戰車的男人打得不分上下，兩人都沒有召喚出式

神，僅僅是依靠自己本身強大的靈能戰鬥著，這在靈人界中也算是少有的存在。

最後則是羅娜與宥娜，以及在背後操控宥娜的塔羅成員、代號星星的女孩，三人之間彷彿是在比誰的靈力更加豐沛充足。

在時間的殘酷考驗之下，羅娜明顯站在下風，越發顯得疲累。不止身體的疲倦，看著巴哈姆特不斷和自己的式神對戰，互相傷害、互相折騰，羅娜的心更是疼痛難耐，快要無法忍受。

明明早知會有這一天，但真正面對的時候，羅娜仍沒有自己預期得那般豁達、那般堅強。

她知道唯有巴哈姆特能讓自己心痛如麻。

「嗚……」

身心俱疲的情況之下，羅娜竟難以支撐，一時雙腿一軟，踉蹌地跌坐在地。

「御主！」

在這一刻，羅娜的兩名式神法哈德和星滅皆異口同聲地大喊，也在這時被敵人趁虛而入！

宥娜的另一名式神，宮本次郎趁機對法哈德揮出一刀，鋒利的武士刀立刻劃破法哈德袖子，鮮血對時飛濺而出！

「你這武士刀男好卑鄙……」星滅正想衝向前幫法哈德一把，前方的道路卻

被巴哈姆特擋住！

「你去了，也無濟於事。」巴哈姆特板著一張臉，冷冷地說著。

「你這頭老龍是瞧不起我是不是？讓開！或者打倒我啊！你這背叛娜娜醬的混帳——」星滅的怒吼還未結束，忽然感受到腹部一陣劇痛，當他意識過來時已被巴哈姆特重重地揍了一拳。

「你這……該死的……背叛者……還說多喜歡羅娜……」意識開始渙散，這是星滅在失去意識之前擠出來的話。

「咚」的一聲，星滅應聲倒下。在靈力供給不足的情況下，星滅的身影很快消失在巴哈姆特的視線之中。

「本龍王不能回頭，也不能半途而廢……哪怕會背上那樣醜陋的罵名……」

巴哈姆特看著星滅消散之後，再度將目光投向一旁癱坐在地喘氣的羅娜。那個曾與自己並肩作戰，一同相互扶持的前御主。

而她也是巴哈姆特這漫長生命之中，唯一親口說過喜歡的女人。

反觀今日，羅娜與他的距離不過數步，卻是堪比登天般地遙遠。

就站在她的面前，她卻不知道也不能明瞭，他的內心有多糾結、多疼痛。

「羅娜，妳沒事吧？不要硬撐啊妳！吊車尾還跟人家爭什麼啊！」王任小心翼翼地來到羅娜身邊，他趕緊扶起臉色蒼白的羅娜，嘴巴雖然說得惡毒，但任誰

都看得出來他對羅娜的情況心急無比。

「我必須……我必須這樣做……」羅娜在王任的攙扶之下，有些虛弱地回應。

她的視線，不自覺地追尋著一個人……

那個人，有著銀色長髮和紅色的雙眼，霸氣的外表總是散發著囂張的氣焰。那個人，五官英俊，有一對攝人魂魄的銳利眼眸，以及一對尖銳的銀黑色龍麟雙耳。那個人，一身火紅披風，腳踩黑色長靴，胸膛一如既往敞開裸露，上頭紋印著青色的龍紋刺青。

那個人，是她一直放在心上的、重要之人。

王任不懂也不想懂，他此刻只想讓羅娜趕快恢復元氣，一同逃離這裡。

「妳別說傻話了！我才不管什麼權杖！我不想和妳這吊車尾的一起死在這裡！快！快給我起來逃出這裡！」王任一手拉著羅娜，羅娜也在攙扶之下努力地站了起來。但她卻在重新站起後推開了王任。

「要逃，你自己逃走……我還能戰，安倍學姐跟賽菲都還在奮戰……我……我不能就這樣離開。」羅娜微微彎著腰，一手撐在膝蓋上，一邊仍喘著氣說道。

「妳這笨蛋！這樣打下去我們根本就贏不了人家啊！」王任顯然無法理解羅娜。

「不到最後怎會知道——」

羅娜嘴角微微揚起一抹苦澀的微笑，就在這時，局面忽然有了新的變化！

「地、地震？怎、怎麼回事啊……」

毫無預警地，地面突然劇烈晃動，整座白色尖塔都在瘋狂搖晃，幾乎讓王任都快站不穩了！

「不行，得快點撤退！」

王任抬起頭來，看著四周竟開始崩塌，各種磚瓦水泥龜裂坍落，牆壁大片大片地剝落下來！

「羅娜小心！」

一轉頭，赫見一塊石板快砸中羅娜，王任趕緊衝上前一把拉住她，將她拉入自己的懷中！

「你放手，王任！」

「我不放！我偏不放！都這個局勢了我一定要帶妳走！」

周遭都是各種物體崩落的聲響，轟然的聲音幾乎快淹沒一切。王任和羅娜的聲音也跟著被掩蓋。

一切都來得措手不及——

塔羅、薔薇王者的權杖以及巴哈姆特……

　　這些，都在羅娜的視線範圍內逐一消失，一一被崩坍散落的物體遮蔽。她則在王任強硬的拉扯之下，懷著懊悔與無力感一路往外界奔去。

第八章

Scepter of Rose King

薔薇王者權杖已被塔羅所持有。

這是羅娜清醒過來後，立刻就得知的消息。

在這個令人錯愕的結果之後，羅娜從王任那裡聽到了更多關於這次事件的細枝末節。

關於事情的來龍去脈，原先存放權杖的白色尖塔啟動引爆裝置，整棟建築崩塌，本來是為了不讓權杖被奪走，啟動這緊急裝置的人正是聖王學園的區主任。

至於斯巴達教官，則是在白色尖塔外圍追捕塔羅的其他成員，根據王任打聽到的情報，當時除了場內和羅娜等人對戰的三名成員外，還另有其人。

「很有可能，斯巴達教官就是在追捕那些塔羅成員口中的……那位大人？」王任皺了一下眉頭，認真地推測。

簡而言之，儘管羅娜等人用盡全力與塔羅成員戰鬥，試圖搶回被奪走的權杖，但由於雙方實力差距讓他們節節敗退。最後啟動爆炸裝置後，王任便帶著那時已經失去意識的羅娜逃離現場。

羅娜看著王任身上分散各處的擦傷以及瘀青，雖然沒有親眼目睹，但這傢伙……應該是為了救自己出來，才把弄得渾身是傷吧？

那時候整棟白色尖塔都被炸毀，王任肯定是拚盡全力才將她從鬼門關拉了回來……

「吶，王任。」羅娜眼簾低垂，輕喚了一下對方的名字。

「幹嘛？」沒想到會被羅娜突然一叫，王任有點狐疑地看著對方。

「……謝謝你。」羅娜緩緩地抬起眼，直直地注視著王任。她的聲音輕輕柔柔，卻十分誠懇、飽含謝意。

被羅娜這麼認真地致謝，王任一時間傻愣住了。他睜著雙眼，過了幾秒後才兩頰漲紅，別過頭去：「別、別突然這麼謝我，怪噁心的妳這吊車尾！」

雖然王任看似氣呼呼的，羅娜只是莞爾一笑。

在這之後，羅娜才終於知道自己和王任身處的地方，正是聖王學園的附屬醫院。

除了她和王任外，賽菲也在隔壁病房接受治療。根據王任的說法，賽菲比她還早清醒過來。明明對上魔術師時，也是精疲力盡，加上後來不幸被崩塌的石板砸到，同樣失去意識後被救了出來。

儘管受的傷比羅娜嚴重，但優等生就是優等生，硬是比羅娜還早清醒過來，還直說要下床行動了……

當然，最後還是被醫師阻止了。

「安倍學姐是怪物吧？跟『戰車』打得不分軒輊，要不是遇上爆炸，說不定還會贏呢！妳們花嫁系不是應該要培養出完美新娘嗎？怎麼鍛鍊出一個這麼可怕

的怪物啊？」王任提到安倍時，流露出難以置信的表情，嘖嘖稱奇。

雖然安倍學姐的事情也挺讓羅娜訝異，但她現在更想知道那個人的去向。

「宥娜呢？她人在哪？」

「妳說宥娜啊？我是後來聽最後離開的安倍學姐說的……那時候，宥娜似乎靠自己的意志，硬是擺脫了塔羅那名女孩的控制。」王任接著說：「後來，聽說是在瓦礫中找到了她，真是大難不死必有後福，她居然奇蹟般地生還下來，而且沒有太大的傷勢，也不知道為什麼。總之，她在接受完簡單的治療後就提前離開醫院了。」

「是嗎……原來如此……」

不知道該鬆口氣，還是有點可惜……但至少宥娜活了下來，也就代表巴哈姆特應該也沒事了……

巴哈姆特……

一想到他那張總帶著囂狂氣焰的面貌，羅娜的胸口便會微微發疼。

「羅娜，妳沒事吧？怎麼又皺起眉頭了？該不會是哪裡還不舒服吧？」王任看到羅娜鎖起眉頭的表情後，馬上關切地詢問。

「啊，沒有啦，我很好，沒有什麼地方不舒服的……」

沒想到王任這麼關心自己，對於王任的關心，羅娜除了感謝以外，也有些不

不適應。

這傢伙平常都把自己當敵人般看待，通常一見面就是惡言相向，雖然好像有聽說王任似乎是喜歡自己……

罷了，還是別想這件事好了。

「話說回來，那個，就是啊……」

「哪個啊？妳這人說話什麼時候變得吞吞吐吐的了？妳不是很敢直說、很敢嗆的人嗎？」王任皺了皺眉頭，沒好氣地反問羅娜。

「咳，就是薔薇王者的權杖啦——」羅娜深吸一口氣候再次詢問，「我是想知道……失去了薔薇王者的權杖，會怎麼樣嗎？」

這個問題，是羅娜很想問，卻又不敢問的一個問題。

想當初，所羅門校長撂下重話，要他們無論如何都要搶回薔薇王者權杖，但他們顯然沒有成功。

雖然好像保住了一命，可是後續要面對的，羅娜實在是越想越害怕。與其不斷自己嚇自己，她乾脆直接詢問王任，一次問清楚比較痛快。

「失去薔薇王者權杖當然後果不堪設想啊，誰知道塔羅要拿權杖去做什麼？權杖雖然不是每個人都能使用，但塔羅裡什麼怪人都有，又不曉得他們的實力……我覺得很不妙啊！」

「呃，不是，我不是想問這個，雖然我也知道被塔羅搶走權杖非常不妙……」羅娜愣了一下，她心想王任誤會自己的意思了。

她是想知道自己的下場啊……

「喂喂，電、電視上正在播放的是什麼啊？」

隔壁床病人忽然傳來議論的聲音，這才讓羅娜和王任的注意力轉移到一直在病房內播放的電視。他倆轉過頭去，高掛在牆上的電視螢幕裡，投映出讓他們神情為之一僵的畫面。

「怎麼可能——」王任驚呼著，倒抽一口氣。

「為什麼——海妖圖騰為什麼會出現在電視上？」羅娜同樣一臉震驚，她絕對不會看錯的，這個海妖圖騰正是不久前才交過手的、塔羅組織的象徵！

「會、會不會是新聞播報？畢竟薔薇王者權杖失竊了，播放新聞要大家幫忙尋找也不是什麼很奇怪的事？妳說對、對吧？」王任回過頭來對著羅娜問道，試著想要找出一個合理又不讓自己太過驚慌的解釋。

「對，一定是這樣，不然我們轉一下別臺？」羅娜難得點頭應和王任，王任立刻前去拿起遙控器，對準電視切了好幾臺。

「奇怪——遙控器是壞了嗎？畫面怎麼完全不動啊？這什麼破醫院，我回去叫我家的集團經理立刻派人來換新電視！」王任皺起眉頭，明明按了好幾次遙控

器按鈕，電視上的畫面卻沒有半點變動。

「我想應該不是電視的問題……」羅娜一邊聽著王任暴發戶式的發言，一邊轉頭看向病房的其他電視螢幕。她嚥下一口口水，略帶顫抖地說道：「很可能……是塔羅不知道用什麼方式占據了各大電視臺……」

愣愣地回過頭來，羅娜僵硬著臉，看著自己正前方高掛的電視，眼中印著那張深藍色的海妖圖騰：「塔羅似乎想用電視臺對外宣告什麼，在他們奪走了薔薇王者權杖以後。」

「妳說什麼……」王任簡直難以相信，手中的遙控器應聲掉落。

他和羅娜一樣，瞳孔微微收縮地注視著電視機，直到電視機裡傳出了一道詭異的聲音。

「我們是塔羅——」

經過變聲器調整過聲的奇怪音色，說出了他們的名號。

「我們將於一星期後實行『理想國』的目標——改變靈人與非靈人的現狀。」

什麼是理想國？

而且還觸擊了靈人與非靈人之間敏感的問題！

羅娜的心跳加快，一時間不由得感到胸口緊繃。

「塔羅他們究竟要做什麼啊？想用薔薇王者權杖改變現況？他們瘋了嗎！」

王任心急之下忍不住出口謾罵。

就在羅娜與王任如此混亂之際，病房外傳來一道敲門聲，隨後走進一道熟悉的身影。

「斯巴達教官？」

沒料到會在這時候看到斯巴達教官，不止羅娜愣了一下，一旁的王任也有些傻眼地看著。

「羅娜同學，校長現在要見妳，請跟我回聖王學園一趟。」

斯巴達教官說出這句話時，羅娜更是一頭霧水，反而是王任替她回應：「等一下，現在就要去？教官，你沒看到羅娜還在病床上才剛甦醒過來而已嗎？就不能讓她休息一天再去？」

「現在，我必須帶羅娜同學回去。」沒有多作解釋，也沒有給任何反駁的餘地，斯巴達教官強硬地回答。

「這太坑人了……」

「沒關係的，我現在挺好，沒事的。謝謝你，王任。」羅娜一手按住王任，要他別再和斯巴達教官多說下去。她隨即從床上起身，稍稍整理好儀容後就對斯巴達教官道：「我好了，走吧。」

羅娜其實心裡明白，若非是非常重要的事，所羅門校長也不會如此強硬。

在和斯巴德教官離開之前，羅娜又回頭看了一眼電視機上停留著的海妖圖騰，心緒十分複雜且沉重。

明明才離開聖王學園幾天，羅娜卻覺得整個聖王學園看起來……有說不出的詭譎。

好似有一道看不見的陰影籠罩著整座學園，一回到這裡空氣就變得沉悶，一點也不像羅娜平時感受到的那樣。

看來，薔薇王者權杖被盜走一事，可能讓聖王學園出大事了——

這麼一來，也就能解釋為何所羅門校長要這麼快逼她回來。

「御主大人，請您務必小心。若是可以的話……」凡卓斯的聲音突然冒了出來，用別於平常的嚴肅音色對羅娜說：「請回頭，您現在還有機會回頭，不要再踏進這座學園了——這是鄙人給予您的忠告。」

「為什麼這樣說？」羅娜好奇地問道，當然心裡也因為這番話，覆蓋上更深重的陰影。

「不知道，但……這種局面、這種氣氛、這種感覺……都讓鄙人的腦海中忍不住浮現當年不願回首的往事……」凡卓斯的聲音越說越低沉，說到最後幾乎快聽不清楚了。

「什麼往事？」羅娜是那種一不做、二不休，既然問了就要問到底的類型。

「既然御主大人想聽，那鄙人就告訴您吧……當年，鄙人不是被信徒們奉為淫亂之魔嗎？」

「嗯，確實有聽你說過。」

「那麼，您知道鄙人被封入聖王學園的式神抽選儀器之前，最後的遭遇嗎？」

「這個我就沒聽說了。」

「那時……信奉鄙人的教團被軍方的人通緝逮捕，許多信徒不願將我供出，但其中一人，而且是鄙人最親近的主教……」

「最後，是那個主教將你供了出來……對嗎？」聽到這裡，羅娜已經隱約得知凡卓斯最後的結局。

「是的，在那之後，鄙人受盡各種折磨，幾乎喪失了大半的靈力，直到遇見了聖王學園的人將鄙人收進抽選式神的儀器之中……」這時凡卓斯又深吸一口氣，過了一會他才繼續把話說完，「那之後就並不重要了，鄙人想說的是，此刻御主大人您所身處的情境，總讓鄙人聯想到當時……」

「這樣啊，難怪你會這般勸阻我……說實在的，我也有一點像是赴鴻門宴的感覺，但我還是選擇相信所羅門校長，選擇相信聖王學園。」

羅娜明白凡卓斯的擔心，可是她不想為此改變自己的決定。

「可是——」

「就算真的有什麼問題，我不是還有你們嗎？」沒讓凡卓斯把話繼續說下去，羅娜搶在前頭反問。

一時間，凡卓斯被羅娜問得啞口無言。幾秒過後，才聽到他回了一句：「鄙人明白了，御主大人……您的這份信任，鄙人定會用盡全力回報。」

「呵，我知道。」羅娜笑了笑，但如果可以，她也不會希望有這種機會。在凡卓斯的聲音消失後，她便踏入了聖王學園。

然而，事實證明，凡卓斯的擔憂是對的——

在回到聖王學園後，羅娜首先被帶到一間會議室，會議室裡坐滿了西裝筆挺的官員，以及穿著軍裝的長官。

原來，在薔薇王者權杖被塔羅竊走後，校方第一時間通報給政府單位。為此，靈務管理局介入調查，國家軍警也一同參與，這起事件將聖王學園有塔羅內應這件事拱上了檯面。

羅娜在會議室裡不斷接受來自各方的質問，儘管所羅門校長不斷替她辯解，並把羅娜當年的身世以及所遭遇的滅門慘境都告知現場眾人，竭盡所能地替羅娜洗清嫌疑。

但不幸的，靈務管理局的高層和軍方皆認為羅娜就是內應，更因為所羅門的積極澄清，以及此次丟失薔薇王者權杖是因聖王學園的活動引起，便一併懷疑整個聖王學園。

最終，他們得出結論：學園被勒令封閉停止營運，全校師生不得擅自離開。下達通牒後，聖王學園進入前所未有的戒嚴時期，全校風聲鶴唳。一方面所羅門校長忙著和政要們協商並找出解決辦法，另一方面還得先揪出內應才能解除聖王學園的警戒，以及洗清羅娜的嫌疑。

羅娜一度為此要被帶回去軍警機關接受更嚴苛的審問，好在所羅門校長替她爭取到了最大限度的自由，但也和全校師生一樣，必須一起滯留在聖王學園內，在找出塔羅真正的內奸前不得離開。

「抱歉，羅娜同學，你我都明白這都是莫須有的罪名……我只能幫妳到這裡了。」所羅門校長在會議結束後，對著羅娜語重心長地說道。

「校長這不怪您，您已經很努力幫我了，我可以明白管理局跟軍方的難處……」羅娜搖搖頭，一點責怪的意思都沒有，「況且，本就是我自己能力不足，沒能盡快找出塔羅的內應，才會演變成今日這樣……我一定會加倍努力揪出內奸的！」

羅娜又接續說：「再說，我也虧欠聖王學園不少，若不是我被懷疑，聖王學

園也不會被管制……啊，失禮了，我這就去著手調查！」

把話說完後，羅娜向所羅門校長一個鞠躬，便隨即掉頭離開。

除了所羅門校長以外，剛好在附近的一道身影，眉頭微微蹙起，看著羅娜離去的背影，面帶複雜的情緒與憂愁。

聖王學園的管制狀態已來到第三天。

聖王學園的全校師生，雖然因為被管制而怨聲載道，但比起第一天被臨時通知時已經稍微平靜了一點。

為了洗刷自身的嫌疑，也為了盡快讓聖王學園解除管制，加上目前全校都暫停止上班上課，羅娜只能更加投入地積極找出塔羅的內應。

她找來了本就一起執行任務的賽菲和王任一同幫忙，反正聖王學園有塔羅內應的事已經鬧到檯面上，大多數人都知道了，多找一個人幫忙應該沒有太大問題。

而且羅娜非常清楚王任絕對不是內應，那傢伙實在太單純了，沒什麼心機，絕對不可能勝任成為塔羅的內應。再說，王任拚了命也要將她從爆炸現場救出來，怎麼看都不會是塔羅的人。

「對了，說到找人……小安應該也可以幫忙吧？」

羅娜剛結束委託王任幫忙的工作，便想起了安莎莉。沒想太多，羅娜就直接

出發找人。她來到安莎莉的宿舍前，卻發現對方宿舍的門沒有上鎖。

聽安莎莉說過，她也是一個人住宿，沒有其他室友。羅娜正想乾脆推門進去時，忽然聽見裡頭傳出一道聲音。

「我……我不知道再這樣下去好不好……」

羅娜一聽，是安莎莉的聲音。她心想奇怪，小安不是只有一個人住嗎？那是在跟誰講話？是在和家人通電話嗎？

但接下來的發展很快就打破她這一猜測。

「事到如今妳才想退縮？」

另一道明顯是女性的聲音，聽起來有一點點的……似曾相識？但羅娜一時間想不起來，而且從音色判斷，肯定不是通電話——也就是說，安莎莉正在和某人於房內對話。

基於好奇，羅娜沒有出聲，反而在外頭繼續靜靜偷聽。

「我的任務已經完成了。你們不是達到目的了嗎？不需要我了吧？那麼讓我就此退出也沒什麼關係不是嗎？」

安莎莉的態度強硬，聽起來和平時羅娜所認識的她相距甚遠，好似換了一個人般。

而且……

安莎莉到底在說什麼啊？

什麼目的？

什麼退出？

羅娜的胸口緊縮，一種不好的預感油然而生，她很想不多做猜想，但……

「確實，妳已經無用武之地。」

「那麼，請兌現當初給我的承諾吧——」安莎莉要求著對方。

「承諾？妳認為，那位大人真的會實現承諾嗎？對妳這種已經沒有用處的棋子，妳說是吧，『隱者』。」

從這段對話中，聽見了一個出乎意料的代號，羅娜猛然睜大雙眼，簡直不敢相信自己親耳聽到的訊息！

實在太過震驚，羅娜一不小心發出踢到牆壁發出聲音，裡頭的人立刻察覺到她的存在。羅娜本想繼續裝傻，但與安莎莉對話的人似乎早一步離開現場。她心一橫，乾脆地推開門，一腳踏進安莎莉的房間大喊：

「為什麼是妳——安莎莉！」

撕裂肺腑的怒喊，羅娜痛心疾首又流露出難以置信的神情，一臉難過地望著房內的安莎莉。

「羅娜同學……」

安莎莉起先是一愣，過了幾秒後才回過神來，很快便明白自己的事蹟曝露。她垂下眼簾，喃喃地喚著羅娜的名字，除此之外什麼也沒說。

「就是妳吧？就是妳！妳是塔羅的內應！」

羅娜心痛地看著安莎莉，她多希望這不是真的，但從安莎莉的反應與剛剛的對話來判斷，實在找不到其他可能。

「妳看到的、聽到的，不都是同樣的結論？」安莎莉嘴角揚起苦澀一笑，她雙手交叉在背後，看起來有些緊張，又有些難過跟慌張。

「是的，沒錯，我就是塔羅的內應……羅娜同學。」

安莎莉抬起眼來，注視著羅娜。她似乎想把話說得輕鬆，可是她臉上的神情怎麼看都十分凝重。

「怎麼會……小安，妳怎麼會是塔羅的內應……告訴我，妳是不是想惡整我？這只是開玩笑對吧？」儘管聽到了那樣的對話，羅娜還是不想承認這個事實。

「我在塔羅裡的代號——叫做『隱者』。顧名思義，就是不讓世人發現、隱匿身分之人，是個非常適合作為內應的我的稱號呢……」

「安莎莉！為什麼妳這麼傻！妳為什麼要成為塔羅的內應！」

當安莎莉主動說出自己在塔羅裡的代號後，羅娜明白，即便自己再怎麼不願面對，可事實就是如此殘酷地擺在眼前。

但她不懂，不明白為何安莎莉要這麼做啊！

「難道塔羅可以給妳錢？還是給妳進入聖王學園的資格？我真的不懂為何是妳！」羅娜雙手一攤，只能胡亂猜測，反觀安莎莉卻只是搖了搖頭。

「都不是，錢對我來說一點也不重要，聖王學園的資格是我靠實力考進來的……我想要的，是連以前的自己都不曾想過，如此渴望、又如此貪婪地掉入了塔羅的誘惑之中……」安莎莉眼簾低垂，聲音越說越小。

羅娜忍不住追問：「吶，究竟是什麼？」

安莎莉深吸一口氣後，做出回答：「我……我想超越安倍，在力量上超越她。」

「什、什麼……」羅娜一愣，她剛剛沒聽錯吧？

超越……安倍？

安莎莉一直都想要在力量上……超越自己的手足？

「我其實很嫉妒安倍。」安莎莉摘下平時戴在臉上的厚重眼鏡，這時候羅娜才得以看清她的臉龐。實際上，安莎莉也有相當清秀的五官，真要說也是個美人胚子。

不過她怎會有那樣的渴望？怎麼會有想要超越安倍的欲望？

「安倍與生俱來所擁有的一切，每一樣都比我好。明明是同樣的血脈、同一

對父母所生……我一直以為自己看得很開，確實也接受了這樣先天的差別。不管外表、內在還是人生，各方面我都覺得算了吧，就讓安倍超越我也沒關係，因為那都是早就註定好的。」安莎莉起先說得平淡，就好似真的心如止水般放棄了一切，隨著把話說下去，安莎莉的神情卻開始有了變化：「然而，當我發現我的靈力是可以靠努力、靠鍛鍊甚至靠機緣就能成長時……我開始有了這樣的想法——我想靠後天的努力，超越安倍！」

說到這裡，安莎莉的眼神突然變得炯炯有神，就像是搖曳著火光的火把，瞬間明亮起來，充滿鬥志。

「可是安倍就像個怪物。不，她就是個怪物——」安莎莉握緊拳頭，「我無法接受，我不能接受，我怎能接受！好不容易……好不容易終於有比她還要優秀的機會，但我卻再怎麼努力也無法超越她。」

「所以……妳就找上了塔羅？塔羅的人告訴妳，只要成為他們的內應，就能給予妳想要的力量，對嗎？」羅娜已經猜到後面的故事了。

安莎莉點了點頭：「沒錯，塔羅的那位大人是這樣承諾我的……在數個月前，還在舉辦入學考試的時候，塔羅就找上我了。他們給了我這個機會……」安莎莉雙手遮住自己的臉，慚愧地說：「我就這麼陷了下去了，只為了要獲得超越安倍的力量。抱歉，我很抱歉，羅娜……我知道這一切都是我的錯……讓聖王學

園變成這樣，讓妳被貼上嫌疑的標籤，害妳身陷險境……全部、全部都是我的錯……」安莎莉的聲音轉為沙啞，開始啜泣起來，最後是崩潰似地哭喊。

羅娜一時間不知道該如何回應，該原諒她嗎？

不，這太困難了，畢竟安莎莉的作為確實傷害了許多人。

不原諒她嗎？

但羅娜又有些不忍……

「那妳打算怎麼做？」羅娜問向對方。

「我……我想要贖罪……我……我現在就去跟校方承認我就是塔羅的內應……我會把自己所知道的一切都說出來……」

「妳不後悔？妳不怕失去聖王學園的學生資格？不怕再也拿不到塔羅承諾要給妳的力量？或者——其實只要滅了我這張嘴，也許就沒人知道妳是內應？」羅娜在試探，試探安莎莉到底是不是真心認錯。

當然，羅娜隨時準備好召喚出式神，以防萬一。

「當我和那個女孩……塔羅的『星星』交談過後就知道了……我打從一開始就被騙了，那位大人根本沒有打算實現給我的承諾……」安莎莉心灰意冷，持續慚愧地捂著自己的臉。

「這件事——妳暫且不要說出去。」

「咦？」

羅娜方才的那句話，讓安莎莉一時間愣住了。

羅娜很快接下去說：「這件事，我會再找賽菲討論一下……」

「妳不怕我逃走或者後悔嗎……羅娜同學？」安莎莉眨了眨眼，反問羅娜。

「如果妳這麼做，就算是天涯海角我也會把妳追回來。」羅娜說得斬釘截鐵，絲毫沒有半點猶豫。

聽到這答覆的安莎莉倒是莞爾一笑，夾雜一點苦澀，她回應道：「果然很有羅娜同學的風格呢……」隨後安莎莉又道：「我不會逃跑，也不會後悔的，去吧……無論怎樣，我都會盡力配合。」

在安莎莉說完後，羅娜回給她一個肯定的眼神，隨後拿起手機聯絡賽菲：

「賽菲——我找到塔羅的內應了。」

羅娜和賽菲討論過後，本來賽菲堅持要把安莎莉交出去換取解除學校警戒，羅娜則提出要壓下此事，過程中不斷被賽菲反駁，他乾脆直接問向羅娜。

「妳說說看，為什麼不直接把安莎莉交出去？這對我們，不，這對妳有什麼好處？妳可別忘了，妳自己就是最大的受害者。」賽菲雙手抱胸，不客氣地質問羅娜。

面對賽菲的質問，羅娜提出了她的看法：「如果現在就把安莎莉交出去，那麼很快地，塔羅就會知道他們的內應被找出來。但是，如果讓安莎莉繼續用各種理由矇騙過塔羅，或許就可以隱瞞一陣子。」

「所以呢？這麼做的意義在哪裡？」

「我的打算是讓安莎莉隱瞞內應被找到的事實，這麼一來，便可以讓她帶我們反潛入塔羅的根據地。」

羅娜這麼一說，立刻就招來賽菲的反彈：「妳瘋了嗎？妳以為塔羅有這麼好騙？就算真的矇混進去好了，塔羅的實力妳又不是不知道，何況他們現在還握有薔薇王者的權杖！」

「我沒有瘋，我很認真，我認為這是目前最有可能反將塔羅一軍的機會。」羅娜接續說：「過去我們一直被塔羅壓著打，從來都沒有主動出擊過。這一次，我們好不容易有一個可以出奇制勝的機會，為何不試試看呢？」

羅娜雙拳緊握，無比認真且積極地對著賽菲勸說。賽菲也確實受到了動搖，他深吸一口氣，用那張冰山美人的臉孔吐出一句話：「這件事必須呈報給校長知道，由校長作判斷吧。」

「賽菲！」

「但是，我會把妳的計畫一同呈報給校長，讓校長有機會採納妳的意見。」

沒讓羅娜把話說完，賽菲自行搶在前頭補完這句話。羅娜的表情瞬間從緊張變成放鬆不少，甚至還帶著一點感激。

「先說好，不是因為妳的話打動了我，而是我認為應該給妳一個機會試試。」

「知道啦知道！賽菲同學最好了！我最喜歡賽菲同學啦！」羅娜笑得樂不可支，整個人作勢要飛撲抱向對方。賽菲趕緊閃躲，向來被人形容成冰山美人的俊美容顏上，竟多了一絲慌張和泛紅。

「少、少狗腿，別過來！」

賽菲越是閃避、越是害羞（？），羅娜就越是想要故意湊近對方。

賽菲真是個很可愛的傢伙啊，羅娜在心裡這般認定。

和所羅門校長閉門協商討論後，校長並沒有得知塔羅的內應是誰，但他選擇相信羅娜和賽菲。基於羅娜堅持的保密原則，所羅門校長到最後依然沒從羅娜和賽菲口中得到安莎莉的名字。

然而，所羅門校長卻同意了羅娜的提議，但他表示，只要羅娜沒有拱出安莎莉的名字，靈務管理局以及軍部都不可能派遣人手或部隊協助。

「你們明白這個中之意嗎？」所羅門校長嚴正地問向羅娜和賽菲。

「言下之意是，我們就算真能潛入塔羅的根據地並進行反擊，也得不到任何

單位的協助，您是這個意思吧？」羅娜立即做出回應。

「正是，因為你們這次的行動不僅要保密，對外也完全沒有申請協助的理由。你們確定要這麼做嗎，羅娜和賽菲同學？」所羅門校長再次確認地詢問眼前這兩名學生。

賽菲和羅娜彼此互看一眼，眼神交流過後，再轉同步回頭，面向所羅門校長，異口同聲地答：「確定。」

回答完，羅娜其實有點意外，原以為賽菲會拒絕，沒想到他竟和自己做出一樣的答覆。

她有些愣住地看著賽菲，賽菲很快注意到羅娜的眼神，便別過頭去：「別用那種噁心的眼神看我，我只是單純認同妳提出的辦法，雖然風險很大，但也的確是難得的機會。」

「賽菲……」羅娜有些感動地望著賽菲，賽菲則是似乎想起羅娜先前對自己的種種「熱情」，立刻拉開距離，就怕羅娜撲上來一樣。

「我明白了，兩位同學真的非常勇敢。雖然我無法名正言順地幫你們，但我會請安倍跟你們聯絡，讓她也成為你們的助力。」

「有安倍學姐的加入，肯定會如虎添翼！謝謝校長！」羅娜一聽到所羅門校長這麼說後，馬上欣喜地鞠躬道謝。

「切記，若是有確定要執行行動的時間，請務必通知我。我會想辦法支援你們。」

「是，校長！」兩人再度異口同聲作出回應。

在確定這計畫可行後，賽菲和羅娜暫且各自去忙了，羅娜則是要將這消息回報給安莎莉。

一來到安莎莉的寢室，才剛要進門時，羅娜就先聽到一道不應該出現在此處的男性聲音：「妳這吊車尾的做了什麼蠢事啊——」

羅娜一抬頭，赫見王任站在安莎莉的旁邊，雙手抱胸一副氣呼呼的樣子。

「王任？你這傢伙怎會在這裡？小安，這是怎麼回事？」羅娜錯愕地看著王任和一旁苦笑的安莎莉。

「那個，我不久前出門去買個東西回來吃……剛好遇上王任同學。王任同學看我眼眶哭得紅腫，就一路追問到這裡來，還問我是不是跟妳有關……」

「哈啊？」羅娜傻眼地張大嘴巴，看著有些不好意思的安莎莉。

「某方面來說，王任同學對和妳有關的事情，直覺都很準呢……哎呀呀……」

「等等，我怎麼沒聽懂。我說小安，妳該不會——」

「吊車尾的，這種事怎麼能不找我呢！」王任握緊拳頭，情緒激動地質問羅

娜。

羅娜立刻看向安莎莉，表情僵硬地問道：「妳什麼都跟他說了嗎？」

「嗯，實在招架不住王任同學的窮追猛打，所以他什麼都知道了，包含我的身分，以及……妳的計畫……」安莎莉用食指搔著臉頰，尷尬地回答。

「妳什麼都跟他說了？不是說好要保密嗎！」

「保什麼密啦！我知道又怎樣！問題在於為何如此重要的事沒跟我這個副會長說！」王任還是相當激動地對著羅娜吼道。

「跟那個沒有關係吧……」

「我不管！妳這個吊車尾的給我聽好了，我一定要加入！」沒給羅娜說完話的機會，王任就先強硬地宣告。

「我說王任，你真的知道我們要做什麼？你真明白我的打算？那可是有很大的風險——」

「正因為風險那麼大，我才不能眼睜睜看著妳去送死！」一手緊緊揪著自己的胸口，王任認真且看似難受地對羅娜說道。

「王、王任……」

「不管了，反正我就是要參加，不管敵人是不是塔羅，內應是不是安莎莉我都不管！」王任走向前，突然將手伸向羅娜，捧著羅娜的臉頰說道：「我不會讓

妳一個人面對這麼艱難的事，再說，妳的命也算是我救回來的，怎麼可以又自己跑去送命！」

一旁看著的安莎莉不禁臉紅驚訝地捧著臉頰，至於羅娜本人則是一臉訝然，短時間內不知道該怎麼回應。

不過，王任的這份心意跟認真，確確實實地傳進了羅娜心裡。

「我真是敗給你了……」過了一會，羅娜才吐出這句話，她先是莞爾一笑，再對王任說：「那麼，就加入吧——歡迎你成為我們的一分子，王任。」

於是，羅娜、賽菲、安倍、王任以及安莎莉，一同肩負起這個拯救學園和世界的責任，他們自稱為——

塔羅攻略小隊。

第九章

Scepter of Rose King

時光飛逝，聖王學園依然還是被靈務管理局和軍方管制的狀態。同時，距離塔羅實現「理想國」只剩倒數最後一天。

當舉國上下都忙著要解決塔羅的問題，隨著夜色逐漸深沉起來，由羅娜組成的「塔羅攻略小隊」也沒閒著。

明天一大清早，他們就要執行安排好的計畫，今晚就是最後的準備時間，必須好好把握才行。

在執行行動的前一晚，大伙各自做準備，羅娜想著很可能要與已經成為敵方式神的巴哈姆特決戰，也終於可以問出當年家中慘案的真相。

「和他之間的決戰……是免不了啊……羅娜，妳可要好好下定決心，不能再像上次那樣了。」羅娜終於忙完後，回到自己的房間，躺在床上，望著天花板喃喃自語。這次作戰計畫中還有一項她必須克服的難題，就是巴哈姆特。

她無法確定自己再次遇上巴哈姆特時，會不會又再次猶豫？

今天收到通報，宥娜似乎又不知下落，這點讓羅娜很是擔心。很有可能，宥娜是被塔羅的人帶了回去。只要宥娜繼續被塔羅操控，和巴哈姆特之間的戰鬥就在所難免。

「巴哈姆特……這個時候的你，又在哪呢……」

「今晚，本龍王就在這裡。」

才剛把話問出口，羅娜下一秒就聽到那個最為思念的聲音。

她驚訝地從床上坐起身，一轉頭就見到房門被打開，隨後又被迅速地關上，而關門之人正是——

「巴哈姆特？」

羅娜直直地注視著前方，訝異地睜大雙眼，難以相信自己所看到的身影。

「正是本龍王，羅娜。」

讓羅娜最為心繫之人，巴哈姆特就出現在她的視線範圍內，朝她緩緩走近。

「怎麼可能……你怎麼可能會出現在這裡……」

羅娜還是不敢相信，仰著頭看著逐步靠近自己的巴哈姆特，一度以為這是自己的幻覺。

「本龍王也不怕讓妳知道，是宥娜讓我來找妳的。她知道，塔羅明天就會完成理想國的目標，她也清楚以妳的個性一定會有動作。但是，她並沒有把這個想法跟塔羅的人說。」

巴哈姆特這麼說時，羅娜眼簾低垂，低聲地說了一句：「是嗎……那女人果然很懂我啊……不過她為什麼不說？」

「因為她想堂堂正正地和妳決戰，不想讓塔羅的其他人插手。」

「什麼？」

巴哈姆特又說：「她還要本龍王轉達，學生會長選舉一事，妳被綁架不是她的主意更非她所為，而是『皇后』命令『魔術師』做的好事。」

「果然不是她啊……難怪我就覺得有點古怪……等等，為什麼要特別跟我說這些？你突然來找我難道有什麼意圖？」

羅娜先是兩眉垂下，對宥娜似乎沒有那麼厭惡了。但隨後又警覺起來，畢竟現在可是敏感時刻，巴哈姆特是敵人的式神，怎麼想都不能放鬆警戒。

「現在，本龍王在妳眼裡已經不再值得信任了嗎？」巴哈姆特頗為難過地垂下眼簾，語氣裡充滿著一股淡淡的哀傷。

「這、這不能怪我啊，誰叫你已經是宥娜的式神了，宥娜又跟塔羅關係匪淺……」羅娜見到巴哈姆特一副受傷的表情，胸口也莫名地抽痛了一下，但她仍嘴硬地說道。

不管於情於理上，她總不能完全信任巴哈姆特吧……

「本龍王來此的目的，只有一個。」

巴哈姆特再朝羅娜更靠近一點，用手指挑起羅娜的下巴，羅娜也不懂自己怎麼搞的，面對巴哈姆特就是無法完全專注警戒。

「就是想要在這重要的決戰時刻前，與妳好好地道別。」壓低嗓音，沉重地說出這句話，巴哈姆特的雙眸之中，只有濃烈的情感以及再堅定不過的認真。

「巴哈姆特……」羅娜抬頭凝望著巴哈姆特，她曾經的龍王，她曾經的式神。

經過這些日子的分別，她總算明白巴哈姆特在自己心中的地位。

之前，是巴哈姆特率先對自己告白，率先打破沉默主動跟她訴說情意。如今，她思考了一段時間，猶豫了一段時日，反而在巴哈姆特離開之後，她才明白了答案。

「不要……不要把話說得這麼可怕、這麼沉重……」羅娜閉上雙眼，胸口揪得好緊好緊，甚至多了一絲酸楚。

「我不知道你離開我的目的，你不說，我逼你也沒用。但我還是想要相信你……所以……」羅娜再度抬起頭來，雙眸睜開注視著巴哈姆特，眼眶裡淚光打轉：「不要動不動就對我道別，還有最後這種話也不許說。」

「羅娜……」巴哈姆特叫喚著對方名字的聲音微微沙啞，但凝視著羅娜的眼神卻滿溢出越發濃厚的情感，就好像隨時要爆發一般。

直到下一秒——

他的確潰堤了。

「唔！」羅娜發出一聲帶著驚訝的悶哼。

只因巴哈姆特在這一瞬間直接強行用吻扣住了她的雙唇！

「妳這樣，讓本龍王該如何忍耐……妳這可惡的女人，都不曉得我壓抑得有

多辛苦……」巴哈姆特一邊低啞地說著，一邊持續用雙唇磨蹭著羅娜，彼此的唇瓣相依偎，雙方口齒的濕黏交流傳送。

「傻瓜……我就是要看你崩潰啊……怎麼可以只有我壓抑不住呢……」羅娜被巴哈姆特吻住後，也緩緩閉上雙眼，眼角流出一滴淚來，不捨地分開嘴唇低聲回應。

明明兩人都是一樣的心情，都是一樣的心痛，卻處於完全不一樣的立場。羅娜心知可以向巴哈姆特開口，問他為何要選擇這麼做。雖然了解巴哈姆特的性子，可是總有辦法可以問到答案。

羅娜卻沒有那麼做。

那樣太累了。

她不想再讓彼此產生更多的疲倦，現在的她只想和好不容易又聚在一起的巴哈姆特，把握當前寶貴的時光。

「那就什麼都不要想吧——和本龍王一起墮落，至少在這一夜，什麼都不要想。」巴哈姆特話音一落，便更加深情地擁吻著羅娜，彷佛能感覺彼此的唇緊緊糾纏，感受來自雙方的炙熱，以及溫熱的鼻息。

好久、好久、好久沒有吻過羅娜的唇。

淡淡的香氣，軟軟的唇瓣，如同花瓣般地柔嫩，好似輕輕一咬就會溢出香甜

的汁液。

巴哈姆特只想珍惜這個得來不易的吻。

但是，他埋藏在心底許久的渴望，如同猛獸出柙般，開始肆意地掠奪他的理智。

光是這樣已經不夠——

對現在的他來說根本不夠。

他想要更多，胸中的火焰熊熊燃燒著，被羅娜的吻點燃了導火線，已然完全無法澆熄。

「嗯……」輕聲地回應巴哈姆特，羅娜沒有明確地說出答案，只用曖昧的聲音帶過。但從她的動作就可以窺知一二，她絲毫沒有推開巴哈姆特的意思，反而和對方越來越緊貼纏綿。

如果可以，她也想拋下一切，和巴哈姆特享受這一晚。

拋開世俗的束縛。

拋開所有對立的立場、成見跟未來的不確定性。

她現在，此時此刻，只想和巴哈姆特互相擁抱，互相親暱地窩在一塊。哪怕結局再怎麼不堪，她也無所畏懼。

「羅娜……妳比本龍王想像的還要香甜可口啊……這會害本龍王上癮，不可

自拔……」巴哈姆特說著，嘴唇依然捨不得離開羅娜，他一手緊摟著羅娜的腰間，另一手則開始在羅娜的背後上下游移。

「少說那些令人害臊的話啦……你這糟糕的龍王……」羅娜明明感受到巴哈姆特不安分的手，但她沒有打算理會，或者說，故意放任對方這麼做。

「本龍王偏要說，因為這是事實。」巴哈姆特一副執意要做的態度，並且在這時進攻更加深入的區域……他熟練地撬開羅娜的緋唇，舌尖鑽進對方的貝齒之間，闖入溫熱的口腔。

「唔！」

沒想到巴哈姆特會毫無預警入侵自己的口腔，羅娜一時間有些措手不及，她當下有些愣住，但在巴哈姆特的引導之下，逐漸放鬆了身體。

先是溫柔地探入，再緩緩翻攪，最後進攻舔舐著羅娜的口腔的薄膜和皓齒，一次次加重力道，直到羅娜的呼吸開始急促起來。

「唔啊！」

覺得嘴巴又酸又麻，可是這種甜膩熱情的滋味，卻讓羅娜的大腦開始耽溺。宛如被下了什麼迷魂藥，整個人的力氣就像被抽走一樣，身體漸漸放軟放鬆。

到底為什麼會這樣呢……羅娜的理智已經沒辦法思考這件事了。她感覺臉頰

好熱，熱度從臉頰一路往上蔓延到腦袋。

「羅娜……若非本龍王有不得不這麼做的理由……我還真捨不得離開妳……」巴哈姆特接續說：「妳可知道，決心要和妳結束式神與御主的關係時，本龍王的心有多痛，以及在那之後，本龍王又在多少個深夜裡失眠，只能回想著曾經和妳在一起的美好……」

「我……我又何嘗不是……」

羅娜想起這段期間，自己也是和巴哈姆特一樣，總是想起對方，總是懷念雙方在一起的時間。

明明身邊有那麼多人陪伴，羅娜卻總無法忘懷巴哈姆特。

她知道這樣的感情對其他三名式神來說一定很不公平……可是對於巴哈姆特，早已不是一般的伙伴情誼，而是更緊密的情愛關係。

她也猶豫掙扎過，才得到這樣的結論。

不過也是認清自己的心之後，羅娜才能好好坦率地面對巴哈姆特，沉醉在這親密的互動之中。

甚至……想要索取更多。

同時，這個念頭好像會感染似地，巴哈姆特這邊也是興致越發濃烈。他和羅娜一樣，深吻、舌尖交纏已經無法滿足彼此濃郁的愛意。

想要更多——

反正過了這一夜，這世界可能就要變了——

巴哈姆特也不想再顧及那麼多，他的手來到羅娜的領口，打開本來繫在羅娜領子上的鈕釦。

這次，不知是不是自己也太過渴望這份關係，雖然略微詫異，可是並不想抗拒。

巴哈姆特見羅娜沒有排斥，也沒有任何拒絕，他大抵知道自己是可以這麼做的。

本來想，若羅娜無法接受，他也會尊重羅娜的意願就此停手。畢竟這種事情，本就是要你情我願。

等等，還是說在他不在羅娜身邊的這段期間，羅娜已經……

「羅娜。」

「唔，幹、幹嘛？」

本來都已經做好心理準備，忽然被巴哈姆特這麼一叫，羅娜有些意外錯愕地看著對方。

「妳是不是已經……」巴哈姆特欲言又止，把話說到一半，突然打住沒再說下去。

「已經什麼啊？」羅娜困惑地抬起頭來，看著巴哈姆特。

「呃，是不是已經和……」面對羅娜的疑問，巴哈姆特緊張地嚥下一口口水。那樣的話他實在說不出口，特別是在這個節骨眼上。

「已經和……？」羅娜還是一副「你到底想說什麼」的困惑表情。

「唉，不管了——」

索性不管那麼多了！

巴哈姆特做就對了！

就用身體去感受羅娜是不是已經——

看著羅娜兩頰泛紅、雙眸氤氳朦朧水氣的模樣，巴哈姆特內心的欲火跟騷動早就淹沒了所有理性。

——無論最後結果如何，至少這樣明天可以死而無憾了。

終於來到這一日，塔羅攻略小隊執行行動的當天。

行動之前，小隊的成員羅娜、賽菲、安倍與王任，以及作為引路人的安莎莉，五人齊聚一堂。

「這次的任務，只許成功，不許失敗。」賽菲板著一如往常的冰山面孔，嚴肅地對著小隊成員說道。

「還真像是優等生會說的話呢。」王任看向賽菲，嘴角微微上揚。

「呵，雖然難度很高，但我想還是有機會成功的……因為有我在。」安倍笑了笑，露出和平時一樣迷人的笑容，讓人不分男女地為之臉紅心跳。

聽到安倍充滿自信的發言，羅娜有些不安地看向安莎莉。自從得知安莎莉成為塔羅內應的原因後，羅娜每每看到這兩人湊在一起時就會有點尷尬。

總會忍不住多猜想一下安莎莉此時的感受。好在，目前看下來，安莎莉似乎沒有太多的異狀，好像早已習慣安倍的自負。

話說回來……

安倍知道自己的妹妹就是塔羅的內應嗎？

應該是知道的吧？

但無論知情與否……安倍好像什麼事也沒發生過似地泰然自若，這點讓羅娜感到有點可怕。

安倍學姐果然不是好惹的，花嫁系究竟都出了什麼怪物啊？

經過花嫁系的訓練，她會不會也變成那樣呢……

一想到這點，羅娜就馬上搖搖頭，清除這個讓她打了一個寒顫的念頭。

「我會好好地……盡自己的本分。」在安倍之後，發言的人是安莎莉。

她今天身穿一件黑色長袍斗篷，黑色連帽垂掛在背後。根據她的說法，這是

安莎莉作為塔羅內應「隱者」時的工作衣裝。也就是要穿成這樣，才能執行今日的潛入計畫。

看在羅娜眼裡，這樣的安莎莉和平常真的很不一樣，的確就像換了一個人似的。

所有人都說完話後，他們將目光集中在尚未發表的某人身上，也是塔羅攻略小隊的掛名隊長——羅娜。

「大家都準備好了吧？」接收到眾人的視線，羅娜逐一看向每一個人，板起臉來認真地問道。

「準備好了——」大伙異口同聲地回答。

「很好，那麼伸出手來。」娜一邊說，一邊率先伸出自己的右手，將背面向上。隨後，剩下的成員也一個個將手伸了出來，疊在羅娜的手背上。

「塔羅攻略小隊——今日將凱旋而歸，全員平安！」

「喔——」

在這一聲明亮又充滿力量的呼聲之下，五人用力地將手往下壓，再一起抬起來，一同達成了共識！

最後身為小隊長的羅娜發出一句宣告：

「塔羅攻略小隊，出發！」

無論是新仇舊恨，阻止塔羅的目的又或者是追查過去的滅族血仇，羅娜都要在今天將一切終結！

第十章

Scepter of Rose King

塔羅攻略小隊的第一步，是在安莎莉的帶領之下，意外順利地潛入塔羅的根據地。

除了安莎莉以外的人都沒想過，原來塔羅的根據地就在這麼靠近市中心、甚至聖王學園的地方！

從外表來看，他們進入的建築物不過是一棟普通的商業辦公大樓。

進入這棟大樓以後，大樓內空蕩蕩的，完全不見任何人影，詭譎的氣氛讓羅娜很不安。

她詢問安莎莉：「小安，這棟大樓平常就是這個樣子嗎？不會是有什麼陷阱吧？再說，我們會不會潛入得太順利了？」

安莎莉想了一下回：「平常就是這樣，這棟大樓早已被『皇后』承包下來，裡面只有塔羅的人。但是，今天的確是太少人了點……」

安莎莉被羅娜這麼一問後，也感覺到有些不尋常。

「會不會是……我們的計畫被發現了？」一旁的王任皺起眉頭，緊張地問。

「這也不是不可能，但怎麼會看起來一副毫無防備的樣子……」賽菲回應著王任的話，同時警戒地環顧四周。

正當眾人皆感到困惑與不安時，大樓內忽然響起了像是廣播的音樂，立刻引起大家的警覺！

「聖王學園的諸位，以及我可愛的『隱者』，早安。虧你們那麼早就來到這裡呢。」

一段非常好聽卻又明顯有種距離感與冷冰、甚至隱約讓人感到緊張的女性嗓音，從大樓裡的廣播中傳出。

「這聲音是……」

不知為何，羅娜下意識地握緊拳頭，雖然對方的身分還未明朗，但她有種直覺——此人很可能就是塔羅成員口中的那位「皇后」。

除此之外……

這女人的聲音總讓她有種……似曾相識的感覺？

到底是在哪裡聽過？

可是照理來說不可能啊，除了星星、安莎莉和宥娜以外，她明明不認識其他塔羅的女性了。

「是塔羅的領導者——『皇后』！」

果然，很快地就從安莎莉口中確認了聲音主人的身分，不出意外就是眾人要找尋的塔羅領導人！

「塔羅的領導人是吧！快給我滾出來，讓我好好會會妳這個可惡的女人！到底想做什麼啊你們！」王任得知對方即是塔羅的領導者，馬上氣得對空大吼，東

張西望試著想找出不知藏身何處的目標。

「諸位，請好好參觀我們的根據地。既然你們身為客人，即便臨時來訪，我也得好好招待一下才不失禮節。」皇后絲毫不受王任的挑釁，而是用宛如珠玉的嗓音透過廣播說著話，「只是，『隱者』妳實在太讓我失望了……沒想到妳會反過來背叛我呢。難道，妳已經不想要力量了嗎？現在反悔還來得及，妳知道我可以為妳實現願望。」

「皇后，在那之後我算是想通了一件事。」在眾人的注目之下，安莎莉平靜地回應。連她自己也很意外，本來就不常接受人們的眼光，加上面對有著絕對力量的塔羅首領，此時此刻的她冷靜連自己都覺得不可思議。

或許，真如她剛剛所言，她是真的想通了。

安莎莉緩緩抬起頭來，對著裝在牆角的廣播器，正色又泰然地道：「那樣的力量就算得到了又如何？最後依然不是我自己的。再說了，妳既然能賦予我力量，也就能把力量收回。我說的沒錯吧，皇后。」

當安莎莉這麼回答時，一旁的羅娜確切感受到這種說話方式，跟平常她所認識的安莎莉截然不同。

此刻的安莎莉，更符合她身為「隱者」的氣質。

「嗯，妳不能繼續為我所用，實在可惜。不過既然如此，我也不必對妳手下

留情了，『隱者』。」「皇后」接續說：「你們的表現很優異，完全出乎我的意料，而且你們的確很會挑時間——剛好可以給我測試一下新的『升級』呢。」

「新的『升級』？這女人在說什麼啊……聽起來就很危險……」王任馬上緊張得冷汗直流。

「各位小心，現在立刻進入備戰狀態——若沒有錯，『皇后』將要做的事很危險！」

安莎莉趕緊提醒身邊的伙伴，她同時叫出自己的式神，準備接招應戰！

在安莎莉之後，所有人也立刻叫出體內的式神或者準備好靈力。

「出來吧，我的乖孩子，教授和我的乖女兒——宥娜。」

廣播器裡傳來「皇后」聲音的同時，前方一道閘門同步開啟，白色的煙霧從中冒出，模模糊糊的霧氣之中出現了一道黑色身影。

雖然敵人早已被點名，但羅娜仍有點在意，眼前這個宥娜好像和平時不太一樣。

除此之外，她還很在意方才「皇后」所說的一句話。

教授和她的乖女兒——

難道，教授指的是她的父親嗎？

雖然滿腦子都是各種問號，但羅娜心知現在不是糾結這些的時候。

「我是……父親的……乖女兒……教授的……傑作……」

從白色霧氣中走了出來，正是幾天前就從聖王學園裡失去下落的宥娜。她走路時有些搖搖晃晃，口中也喃喃自語說著讓人費解的話，就連她的眼神也十分空洞。

「宥娜看起來很不對勁啊……」

「嗯，很可能是被『皇后』控制了，就像上次『星星』操控宥娜一樣……」

一旁的賽菲說出自己猜測。

「不對，不一樣，和『星星』操控的感覺不同——」安倍似乎比賽菲更早注意到了不一樣之處。

「是改造——」安莎莉突然在安倍之後說出一句讓眾人都訝然的話，「恐怕，宥娜同學已經被『皇后』進行實驗性的改造了……難道已經可以做到了嗎？已經成功了嗎……」

安莎莉本來還算冷靜，但見到宥娜之後，整個人的神情明顯變得不安起來，甚至還包含著一絲恐懼。

羅娜見狀趕緊追問安莎莉：「小安，妳剛剛到底在說什麼啊？什麼實驗性改造？」

看到安莎莉突然變得面帶恐慌，羅娜心裡同樣無法冷靜下來。

「如果我沒看錯的話……宥娜同學恐怕已經不是『正常人』了……」安莎莉有些害怕地吞了一口口水。

羅娜還是一頭霧水，不明不白地問道：「什麼意思？我聽不懂啊，小安，妳能不能用白話一點方式說啊？」

「與其在那邊胡亂猜測，不如讓宥娜直接用行動揭曉答案如何？來自聖王學園的諸位？」廣播器裡再次傳來「皇后」的問話。

這時賽菲冷冷地回了一句：「妳也太小看我們了，就派出宥娜一個人來對付我們一整個小隊嗎？」

「真是不好意思，由於你們的到來太過突然，我們其他成員都為了『理想國』而奔忙著。況且……」「皇后」刻意地停頓一下，輕聲地笑了，「諸位能否招架宥娜都還未可知呢。」

「哈啊？開什麼玩笑，就算宥娜再厲害，也不可能一個人打得過我們五個人！妳這個囂張的老太婆別太自以為是了！」本來還有些緊繃的王任，一聽見「皇后」這麼說後，立刻火力全開地怒嗆回去。

「呵，我很期待諸位的英姿。」

接著「皇后」對宥娜下達命令：「戰鬥吧，為我們的『理想國』而戰，更是為了妳最敬愛的教授而戰。」

宥娜本來如同雕像般站在原地不動，毫無表情的她，忽然雙眼露凶光，迅速召喚出她的兩名式神。

「宮本次郎、巴哈姆特——我以御主的身分召喚你們，遵從我的指令，打倒眼前的敵人，那些阻礙我們『理想國』的禍端！」宥娜殺氣騰騰地接連叫出兩名式神。

但這兩名式神一現身，卻讓羅娜一行人大為吃驚！

「這、這怎麼會……宮本次郎跟巴哈姆特怎麼會有如此強大的靈力……」瞬間感受到兩名式神強大的靈壓，王任不禁嚇得臉色刷白。

「宮本次郎就算了，居然連巴哈姆特都……這種力量，已經是SSR等級了吧？而且就連他的外表也變了……」

羅娜難以置信地看著巴哈姆特，明明不久前才和她親密度過一夜的人，怎麼在短短的時間內，竟有如此驚人的變化？

她曾經在小時候見過，還跟著父親、作為父親式神時期的巴哈姆特。

那時候的巴哈姆特，是顛峰的SSR等級。當前的巴哈姆特，已經完全變回當初最強盛的模樣！

髮色更為亮麗，氣焰更為囂狂，身形更為高大強壯，最重要的就是那一身靈力威壓，彷彿將要滿滿地溢了出來！

這也是巴哈姆特最初的、最真實的模樣。

看到如此不可思議的轉變，羅娜很快就聯想到：這難道就是安莎莉所說的「改造」？

羅娜看向一旁，只見安莎莉流露出比方才更為驚惶的神情，她聽見對方用略微顫抖的聲音說道：「果然……果然是這麼一回事……宥娜很可能是被迫『改造』了。當初的改造僅僅只是實驗性的階段，但沒想到會這麼快就可以實現……」

安莎莉提高音量對大伙道：「各位小心，宥娜已經不再是原本的宥娜了。她底下的兩名式神都因為宥娜的靈力增強，統統變成了ＳＳＲ等級……不，搞不好是更加強大的存在！」

「什麼？統統變成ＳＳＲ甚至還比ＳＳＲ更強？騙人的吧！這怎麼可能啊！宥娜怎麼可能在短時間內達到這種水平！」王任忍不住驚呼，他既不想相信也不敢相信，手開始有些發抖。雖然他的式神少說也有ＳＲ等級，但聽見安莎莉說的話後整個人都錯亂了。

「如果運用薔薇王者權杖的力量就可行。這大抵就是為何要搶奪薔薇王者權杖的理由吧？」安倍面對還未出手的宥娜，十分緊戒，毫無鬆懈。比起其他人可以依靠式神，安倍是現場唯一依靠自身靈力戰鬥的人。相較之下，她更是殺意滿滿，觀察事情本質的眼光更為犀利透徹。

「若是薔薇王者權杖造成的結果，那就說得通了……」安莎莉倒抽一口氣，瞳孔微微收縮。

「總之，先打一架再說，那傢伙要攻過來了！」王任對著所有人大喊，同時召喚出式神應對戰鬥！

「鈴鈴，展現妳火辣的武術攻擊吧！」

「是，王大人，鈴鈴遵命！」

回應王任的少女式神長相相當可愛，一身金色亮片滿布的貼身旗袍，非常符合她家御主的暴發戶特色。頭上綁著兩顆包包頭，兩條黑色雙馬尾垂落而下，隨著她的每一個動作搖晃飛揚。

只見鈴鈴衝向前，對著率先朝他們攻擊的宮本次郎作出反擊！

「拳術，火之舞！」鈴鈴板著充滿騰騰殺意的表情，揚起握成拳狀的手，並凝聚出一團火焰，霸氣地朝宮本次郎一拳揮下！

「中了！」

王任欣喜地看著自家式神一拳擊中敵人的胸口，火焰瞬間將之燃燒！

「不對——」

一旁的羅娜立刻察覺到不對勁，她眼睜睜看著鈴鈴發出的火焰被宮本次郎漸漸吸收，但他本人卻看起來毫髮無傷！

「這、這是怎麼回事？」

王任錯愕地愣了愣，這時聽到羅娜對他大喊：「王任！快叫回你的式神！」

「什麼……」王任沒反應過來，下一秒就聽到鈴鈴傳出淒慘的叫聲！

「啊——」

鈴鈴發出充滿痛楚的尖叫，在眾目睽睽之下，本來擊中對方胸口的拳頭竟被宮本次郎「吸收」一樣，往他的身體內凹陷！

「不妙！」

羅娜正想衝過去救人之際，有一人卻搶在她之前。只見安倍以迅雷不及耳的速度來到宮本次郎背後，將靈力集中在手上，快速朝對方後頸劈下！

為了閃躲安倍的攻擊，宮本次郎鬆開了對鈴鈴的控制，暫且讓鈴鈴有了逃脫的機會。

王任馬上把鈴鈴叫了回去，他真是被嚇死了，剛剛那究竟是怎麼回事？他還是第一次看到有式神可以將另一名式神……吸收？

「接下來，本龍王也得露一手了……給你們最後的忠告，確定不自動認輸嗎？」已經回到全盛龍王狀態的巴哈姆特，嚴正地警告著塔羅攻略小隊的每一人。

面對巴哈姆特的挑戰，賽菲本想前去迎戰，卻見羅娜意外地主動上前，正色地對巴哈姆特道：「我不會退縮的。你了解我，要戰，就戰吧！」

「嗯……妳確實就是這樣的人，我的前御主。本龍王很高興見到妳如此坦率地承面對這場戰鬥。」聽到羅娜決定上前迎戰，巴哈姆特反而露出一絲笑容，語氣也帶著滿意。

「那是當然，都到這個地步了，也該想通了，我的前式神。」羅娜嘴角微微上揚，和先前面對巴哈姆特時總帶著的陰鬱和猶豫不同，這讓一旁的安莎莉很是好奇。

「不止宥娜在短時間內被改造很奇怪，羅娜同學的心境也在短時間內變化很多啊……究竟是發生了什麼事……」安莎莉喃喃自語，某方面來說，羅娜的變化就跟宥娜的改造一樣充滿謎團吧。

「看來，那一晚後妳真的想通了呢。」巴哈姆特嘴角再度上揚，這次的笑中卻帶了點曖昧。

羅娜一聽馬上漲紅臉頰怒回：「閉嘴，別給我再提起那晚的事！」

在羅娜這麼說時，現場其他人都在心底驚訝地想著：羅娜跟巴哈姆特「那晚」到底發生了什麼啊！

「可惡……忽然覺得很火大……我絕不能原諒巴哈姆特……」王任握緊拳頭，氣得牙癢癢，上下排牙齒都在互相摩擦。不止王任，早就被羅娜召喚出來的兩名式神，法哈德和星滅都各自露出殺氣騰騰的表情。

「那晚的事情，摧殘了我的百合花的那筆帳，我會好好清算的。」法哈德雖是一副笑咪咪的表情，但任誰都能感受到他一身令人顫慄的殺氣！

「你這萬年下流的骯髒老龍，那晚老子的心都快痛死了！本大爺沒把你揍扁絕對嚥不下這口氣！」星滅同樣氣得額頭浮現青筋，他早已摩拳擦掌，狼尾巴整個直直豎起。

「哎呀，真是令人好奇的『那晚』呢，羅娜學妹真是桃花滿滿呀。」安倍一邊和宮本次郎交手，同時也關注著羅娜那邊的狀況。不過說實在的，這次和宮本次郎交手的感覺，安倍感覺十分不妙。

隨著交戰的時間拉長，安倍越感自己的力量不足。

但是，眼下這個局面，她也只能勉強撐住。

「那麼，就讓本龍王用新得到的力量，好好地會會你們吧。龍王巴哈姆特，寶具限制令解除，顯現吧，吾之爪、吾之獠牙！」

旋即，巴哈姆特手中就出現一把黑色大鐮刀。

然而，這把鐮刀已和先前不同了。刀身變得更為鋒利，更為巨大，散發出更加強大的靈力能量！

「寶具——地獄業火龍牙！龍之怒吼！」話音一落，巴哈姆特的攻擊立刻襲來！

法哈德跟星滅立即上前接招，在擋下攻擊的剎那，無論是星滅還是有著深淵魔王之稱的法哈德都同時吐出一口鮮血！

這一瞬間，完全驗證了安莎莉所說——接受改造的宥娜會大幅增強式神的力量！

眼看情況不妙，安莎莉立刻加入戰局，幫忙羅娜對付巴哈姆特。另一邊，賽菲和王任則負責支援安倍，因為他們也都看出宮本次郎相當棘手，安倍打得十分吃力甚至開始節節敗退。

時間一分一秒地在戰鬥中流逝，塔羅攻略小隊已經幾乎無力應戰，對如此強大的式神感到絕望。僅僅只有兩個式神，就讓他們這般狼狽不堪。

更加絕望的卻還在後頭。

「聖王學園的諸位，你們真是可憐啊……先前說的狂妄之語，都還在停留在我耳邊呢。」「皇后」的聲音再度透過廣播器傳來，「為了讓你們早點解脫，我會為你們獻上另一份驚喜，陪伴你們走過生命的最後一刻。」

「什麼……」羅娜錯愕地抬起頭來。

緊接著她便聽到「皇后」接續說：「來吧，我的軍隊，將這場鬧劇結束吧。」

話音一落，旁邊兩側本來緊緊關上的門扉，突然應聲開啟！

「這次又是什麼要來了？」王任緊張地左右張望，他腦海中的警鈴再次大

響！

很快地，答案揭曉——

兩隊穿著黑色軍服的人馬，正朝羅娜等人蜂擁而來！

「是其他塔羅的成員嗎？不、不對！這氣息是……」安莎莉眉頭一皺，似乎意識到了什麼！

「是式神——這些不是人，全部都是式神！」賽菲也難得出現明顯的情緒波動。

「這怎麼可能！怎麼可能有人可以一次控制數十名式神！」王任難以置信地叫著。

但很快就聽到安莎莉開口：「不，如果是透過薔薇王者的權杖，一切就說得通了！」

「又是該死的薔薇王者權杖……可惡，別怕！這些看起來都是N級式神，我們一定可以應付……」

「就算你們真能消滅這群式神，但親愛的諸位，只要我手上握有薔薇王者的權杖，像這樣的式神，我要幾個就能生出幾個。」

「居然……」

「皇后」的回答讓羅娜有些難以接受。

「妳……妳究竟想實現什麼，妳那該死的『理想國』又是什麼？竟然讓妳不惜做到這種地步！」羅娜一邊吃力地應對戰鬥，一邊憤怒地吶喊質問不知藏身何處的「皇后」。

「『理想國』——即是創造出沒有靈人的祥和世界，讓式神跟強大的靈力只掌握在少數人手中。」

出乎意料，「皇后」居然回答了眾人最想知道的問題，也就是「塔羅」的目的。

第十一章

Scepter of Rose King

「這就是妳的目的……妳的『理想國』？妳這麼做根本就是想滿足自己的權力欲望！別把話說得那麼動聽！」羅娜睜大雙眼，對她而言，方才所聽到的字字句句都十分荒謬。

乍聽之下好像是為了追求和平，實現人人平等。但將權力集中在少數人手中，並由這群人來控制社會，怎麼想都是不對的。

「什麼『理想國』，這是高壓統治吧！」王任也應和著羅娜，立刻加入反駁的行列。

「你們當然不懂，身為靈人你們怎麼會明白。」「皇后」似乎一點也不在意羅娜等人的駁斥，「反正你們很快就會死在這裡了，就用你們冰冷且失去意識的雙眼，來見證我們『理想國』的降臨吧。」

留下這句話後，「皇后」再次消失。

這時羅娜他們要面對的，除了實力大增的宮本次郎和巴哈姆特外，還有實力未知的式神軍隊。

他們被迫縮小所能活動的空間，五人彼此越來越靠近，直到退無可退。

「可惡，難道要這樣就結束了嗎……我不甘心……」王任又氣又怕，他的雙手顫抖，滿懷著憤怒跟無助。

「對不起各位……都是我，要不是我成為塔羅的內應也不會走上今天這局

面……」安莎莉哽咽地低下頭來，在她啜泣的時候，一旁的式神小狐溫柔地抱著她。

「妳只是一時迷失了方向，妳也很努力地想要贖罪了，否則根本不會來到這裡，安。」

一聽到「安」這個特別的稱呼方式，安莎莉愣愣地抬起頭來，看著唯一會這麼叫自己的人。

「安倍……」安莎莉淚眼汪汪地注視著與自己十分相似的安倍，一時間不知該說什麼。

「不能放棄，我們不能就這樣放棄，我還有一筆帳要和塔羅清算，我豈能在這裡止步……」賽菲握緊拳頭，手心都被指甲掐出血來。賽菲有許多的恨意，但殘酷的是，此刻的他卻什麼也做不到。

「我也不能——」羅娜咬著下唇，嘴角同樣滲出一絲猩紅色的血液，「我也還沒知道當年的真相，我也不能在這裡停下腳步……」

羅娜逞強地說著，但她和其他人一樣，從開戰以來已經耗損了相當多的靈力，她現在連同時供應兩名式神的靈力都不夠，只能勉強支撐星滅待在場上，需要更多靈力的法哈德短時間無法再進行召喚。

她和身邊塔羅攻略小隊的伙伴們，只能眼睜睜地、無計可施地看著他們即將

被這群式神消滅之際——

「當年的真相，本龍王答應過妳，會讓一切真相大白。」

這句話，來自羅娜最出乎意料的那一個人——巴哈姆特。

「本龍王向來說到做到。」

巴哈姆特突然緩緩地轉過身，面向朝前方不斷逼近的式神和宮本次郎。

「巴哈姆特？」

羅娜愣愣地看著巴哈姆特高大的背影，有那麼一瞬間，她好似重新看到了以往熟悉的身姿。

她還來不及搞清楚巴哈姆特到底想做什麼，甚至一度懷疑自己是不是幻聽時，巴哈姆特卻正色地說出了一句話：

「本龍王巴哈姆特——要斷絕和宥娜之間的契約！」

此話一出，所有人都驚呆了，尤其是羅娜，她壓根沒想到巴哈姆特竟會這麼做！

「巴哈姆特要斷絕契約？這種情況只能由式神單方面斷絕吧？這簡直是找死——」王任一聽震驚地說道。

想要斷絕契約有三種方式。一種是式神或御主其中一方死亡，第二種是式神和御主達成協議，解除契約。

最後一種，則是式神或御主單方面地斷開契約——那不管是御主或式神，都將遭受到難以想像的痛楚！

「呃啊啊啊——」

在這種情況下，巴哈姆特的身體開始出現各種紫色雷電，那是式神單方面毀約時會出現的反噬。

這些紫色雷電就像緊緊纏繞在巴哈姆特身上的鐵鍊，對巴哈姆特而言，彷彿快把他的五臟六腑都擠出來似地，宛如凌遲酷刑般的懲罰！

「巴哈姆特——快住手！這樣你會死的！」

羅娜看著這樣的巴哈姆特，眼睜睜目睹他遭受如此劇烈的苦痛，她更深知在這種情況下，很多式神會因為無法承受而當場魂飛魄散！

她心痛又心疼，但另一方面卻又有一種複雜的欣喜……她的確暗自希望巴哈姆特能夠徹底掙脫宥娜的掌控。

此刻，巴哈姆特承受著違抗契約的極大痛苦，同時，又有其他式神部隊轉而將攻擊目標鎖定為巴哈姆特。安倍見狀，立刻用僅存的力氣上前協助巴哈姆特，不讓他在斷開契約的過程中受到干擾。

「安，協助我！」

「是，安倍！」

收到來自安倍的支援請求，安莎莉瞬間明白安倍的意圖，立刻上前支援。

最後，只見巴哈姆特仰天長嘯了一聲——

霎時，紫光乍現，卻又轉瞬消逝。在紫光散去後，只留下一團黑煙，其中有道身影緩緩地站起身來。

「呼……呼呼……本龍王……又是自由之身了啊……」黑煙散去，巴哈姆特雖然看似精疲力盡，但嘴角仍揚著笑，咧著嘴說道。

「巴哈姆特……為什麼，為什麼你要這麼做……」羅娜一手捂著自己的口鼻，沙啞地問道。

巴哈姆特稍稍側過頭，一如既往用羅娜最熟悉的笑容回應：「因為……英雄總是要挑最關鍵的時刻登場啊。」

巴哈姆特的這一句話，令羅娜幾乎快要熱淚盈眶。

「喂，你們看，宥娜看起來好像也怪怪的？」

在巴哈姆特強行斷開和宥娜的契約後，王任隨即發現了宥娜的情況不對勁！雖然要不斷防守來襲的N級式神們，但大伙還是紛紛將注意力稍微移轉到宥娜身上。

只見宥娜的表情逐漸變得猙獰，身體開始莫名抽搐，就好像……在抗拒著什麼？

「我……我不……要……」

原先被控制住的宥娜，竟在此時開口說話！

「我……不要……再被……利用了……」

宥娜身體的抽搐越發厲害，嘴角甚至開始流出鮮血！

「這、這是怎麼回事？宥娜她怎麼了！」王任驚慌地看著宥娜的情況，一邊向身旁的人詢問。

「照這情況來看，難不成是因為巴哈姆特強行斷開契約的關係，也將宥娜同學體內來自『皇后』的控制力量一併減弱？」安莎莉皺著眉頭觀察著宥娜，說出自己的猜測。

「什麼？那代表宥娜她——」

王任的話還沒說完，就聽見前方的宥娜震聲大吼！

「宥娜似乎在試圖脫離『皇后』的控制！」

隨即，只見宥娜將手舉起，對著由於自家御主有所異狀而停下攻擊的宮本次郎。

「回——來——」宥娜猶如傾盡全力說出這兩個字。

彷佛要撕裂肺腑的吼聲過後，宮本次郎一瞬間從場上消失、回到宥娜的體內。

在宮本次郎回到體內的當下，宥娜雙腿一軟、失去意識。

「喂，宥娜！」

王任見狀趕緊衝向前，一把接住閉上雙眼的宥娜，他趕緊將手湊到宥娜的鼻子前，「還好，還有呼吸！但……但這是怎麼回事，這代表宥娜並不想和我們打？」

「應該是說，宥娜同學不想再被利用了。她應該受夠了被『塔羅』利用吧……」安莎莉看著昏過去的宥娜，眼簾低垂地說著。

「既然我們最大的兩個對手都沒了，那這些N級式神又算得了什麼？殺啊！鈴鈴，我們上！」王任暫且將宥娜安置好後，馬上再次對自己的式神發出命令，同時其他人的式神也一併跟進。

士氣大振的塔羅攻略小隊再度振作起來，很快就掃除了這一群N級式神軍隊。

眼看局面逆轉，羅娜便再次對空大喊：「『皇后』！妳看到沒，就算是妳也沒有辦法掌控這一切，我們終究會打倒妳！快出來，不要再躲躲藏藏了！」

「呵……妳真以為這樣就結束了？」「皇后」的聲音再度透過廣播器傳來，「我給你們看個好東西。」

羅娜等人附近赫然出現許多小型投影，上頭出現了來自各地政府機關的畫

面。

「你們知道，我的其他部下為何不在這裡嗎？那是因為，他們都各自去執行他們的任務了。」

在「皇后」解釋的時候，羅娜等人從螢幕上看見許多政府機關、靈務管理局、國防軍政相關機構，甚至是聖王學園——全都被一群群彷彿無限量的N級式神們侵略中！

「這……這些地方要是被攻略下來的話，這個國家真的就要徹底掌握在『塔羅』手中了！」

賽菲抬起頭看著來自各地方傳送回來的影像，他瞳孔微微收縮，「我懂了……難怪當初你們要偷竊抽選式神的儀器，最後又搶走了薔薇王者的權杖！因為只要掌握到自動生產式神的方式，加上薔薇王者權杖的力量供應，就可以像這樣提供源源不絕的式神軍隊！」

「呵，真不愧是聖王學園的優等生，很快就做出了正確的判斷。但是，一切都晚了。」「皇后」笑了一笑後，所有影像畫面忽然消失，廣播器裡也再沒出現聲音。

「不行，我們絕對不能讓塔羅得手！『皇后』一定還在這棟大樓裡，我們得找到她並阻止她才行！」安莎莉對著所有人說道，大伙都明白此時已刻不容緩，

便立刻在這棟建築裡找尋「皇后」的蹤跡。

最後，終於讓他們找到了一間房間，透過裡頭傳來非常強大的靈力威壓，進而判定「皇后」就在這裡面。

只是眾人都沒想到，「皇后」的藏身處竟是一間實驗室。

「你們真是不死心呢……『理想國』明明那麼美好，你們為何不安然接受改變就好？」

「皇后」身穿一件白色實驗室長袍，一頭金色長捲髮披在肩上，臉戴一張瑰麗華美的面具，手上則持著薔薇王者的權杖，比起雍容華貴，她所散發出來的，更像是高高在上的冷豔氣息。

「我們才不要接受這種改變！」羅娜對著「皇后」憤怒地駁斥。

「什麼『理想國』，這根本只是妳自己想要的國度而已！」賽菲也馬上反駁。

「是嗎？我一直以為，身為羅教授的女兒和身為賽教授的弟弟，應該會明白我的苦心呢。」「皇后」一手托著下巴，有些惋惜地回應。

「妳還好意思說！就是妳滅了我們家吧！」羅娜氣得想直接衝上前去和對方做個了斷。

「是妳吧？是妳讓我哥哥誤入歧途導致了那樣的下場！」賽菲同樣氣憤地直

指著「皇后」怒吼。他和羅娜的心情是一樣的，雖然也想衝上前直接了斷，但他明白這樣做太過魯莽。

「冷靜點，兩位。」安倍在羅娜和賽菲背後出聲勸阻。

「呵，那些是重點嗎？無論如何，那都已經是過去的事了，當年怎樣早就不重要了吧？」「皇后」笑了笑，一點也不在意。

「妳——」

「羅娜，讓本龍王來。」眼看羅娜快受不了了，巴哈姆特的終於聲音從旁傳出。他往前一站，擋在羅娜面前，對著「皇后」說：「不管在各方面，本龍王都要好好地還妳一些東西啊……『皇后』。」

巴哈姆特接續說：「本龍王知道妳有這能耐，知曉妳手握能夠改造靈人的方法，為了接近妳，本龍王不得不暫時背叛羅娜，成為宥娜的式神……目的就是為了能夠恢復本龍王最初的實力，重新回到SSR——不，是更高階的存在。」巴哈姆特眉頭深鎖，「唯有讓本龍王變得更強——不管是透過誰，只要能強大到足以替羅娜消滅妳這當年的禍端就夠了！」

巴哈姆特的自白跟宣告，在他後方的羅娜終於恍然明白。

原來，這就是巴哈姆特一直遲遲不肯明說的原因。

原來，巴哈姆特自始至終都只是為了她！

「現在，本龍王就好好回敬妳，回敬妳對本龍王和羅娜所做過的一切！我的御主，準備好了嗎！」

「我——準備好了！」下一秒，羅娜便大聲喊道：「我，羅娜，以御主的身分允許你龍王巴哈姆特，顯露出你的真正的寶具！」

「遵命，我的御主——龍王巴哈姆特，寶具限制令解除，顯現吧，吾之爪、吾之獠牙！」

在收到羅娜的命令後，巴哈姆特立刻雙腳站開，挺直腰桿，舉起手來仰天大喊：「寶具——地獄業火龍牙！」

眼看羅娜發動攻擊，一旁的安莎莉也立刻跟上：「小狐，寶具——束縛之尾！」

現場所有塔羅攻略小隊的成員，接二連三地發動最強的攻擊，賭上最後的力量和「皇后」全力一拚！

「哼，以為這樣就能打倒我嗎？薔薇王者權杖可是在我手上。」「皇后」不以為然，只是輕輕舉起權杖打算一口氣接下所有人的攻擊。

「只要輕輕一擋——」

伴隨著「皇后」的聲音，薔薇王者權杖的光芒大作，直接形成一道屏障，保護著持有者。

「可惡……難道就真的打不過嗎……」

眼看所有人的攻擊都被擋下，羅娜的嘴角已經沁出一道猩紅血絲，全身都快虛脫。

就在這時——

一道彷彿玻璃破碎的鏗然聲，本來保護著「皇后」的屏障應聲消失，所有攻擊都擊中了「皇后」！

「嗚！」

痛苦地一聲哀號，薔薇王者的權杖也隨之脫落墜地，原本的持有者更是臥倒在地上，戴在臉上的面具徹底碎裂。

安倍見機立刻先衝上前將薔薇王者的權杖奪回，她看著權杖，忍不住低聲說：「看來那個傳言是真的……薔薇王者的權杖擁有自我意識，會決定誰才是能使用自己的主人。或許，我們剛才讓權杖做出了判定，讓權杖認為『皇后』並非可以使用自己的主人。」

「哈、哈哈……最終，我還是敗在機緣上嗎……就和當年一樣……為何偏偏是我……」

「皇后」白色的外袍染上紅色血花，緋紅之花越綻越大，當她緩緩爬起身時，她的真面目卻讓羅娜倒抽一口氣。

「怎麼……會是妳……」羅娜錯愕地睜大雙眼，她的雙手忍不住顫抖，實在是因為這眼前所見太過震驚、太過訝異、太過讓她無法接受。

「沒想到……是我嗎？即使過了這麼多年……原來妳還記得我呀？」面具脫落後的那張臉孔，掛著一抹淒涼又狼狽的笑容。

「不可能……不可能會是妳……妳、妳不是已經……和父親在當年一起被火燒死了嗎！」

羅娜整個人從頭到腳都顫慄了起來，只因這個女人，就是當年她父親再娶的繼母！

「皇后」竟是她的繼母！

「哈哈……妳好天真……我怎可能為跟那個愚蠢的男人一起被燒死呢……對了……妳不知道當年那場火災的真相吧？」

「說！快給我說！當年難道不是妳放的火嗎！」

「可憐的孩子……妳果真什麼都不知道……」

「皇后」一手撐著身子，明明身上的傷口一直在流著血，她卻像什麼也感受不到，絲毫不在意地繼續對羅娜說：「當年真正放火燒了羅家的凶手——就是妳最敬愛的父親啊。」

這句話，讓羅娜的腦袋一片空白，她幾乎忘了呼吸，愣愣地看著眼前瀕死的

女人。

「來，靠近我，既然妳那麼想得知一切的話——」

「皇后」向羅娜招了招手，旁人都在阻止羅娜接近，但她卻緩緩地伸出手，碰觸到了對方。

不知道對方用了什麼方法，但所有的影像記憶……不，是所有的真相，都如同跑馬燈般灌入羅娜的腦海之中。

一切都解釋得通了。

原來這就是真相。

羅娜在看過那些經由「皇后」給予的影像後，大抵明白了事情的來龍去脈。火，確實是父親放的。

她的父親，從小有著極高的智慧與英俊的外表，人生一路以來總獲得相當多女性的愛慕，然而她的父親始終傾心研究。

後來，父親的學長，一起跟著老師研究人造式神的同事兼朋友，因為眼紅無論資質或異性緣都遠高於自己的父親，便私下使用了黑魔術詛咒對方——詛咒父親這輩子都無法得到愛情。

父親得知這件事後，並不相信這種無稽之談。而後來他也看似順利地找到了羅娜的親生母親，但她的生母一生下自己便難產而死。

後來，父親再婚，娶了第二任妻子。原以為可以一直幸福下去，直到父親發現對方接近自己，僅僅是為了竊取他的研究成果。

因此父親傷心欲絕，便想讓第二任妻子與自己同歸於盡。

為了不要傷害到幼小的羅娜，當天父親還特地請保姆看著羅娜。只是他萬萬沒想到，羅娜居然自己偷溜出來，目睹了那場大火。

父親的愛情，如同神話裡的海妖，永遠只能以悲劇收尾。

至於「皇后」，她極力想要改變靈人與非靈人的現況，某種層面上也算是情有可原。她在年輕時，由於被一群靈人綁匪襲擊而失去了摯愛。所以「皇后」決定改變這個社會，以激進的手段籌備組織，並且鎖定當時失去妻子的父親，意圖接近他，為的就是要掌握人造式神的機密。

羅娜也了解到，聚集在塔羅的人，有一部分是靈人，也有像「戰車」一樣的非靈人，他們都曾受到傷害而失去重要人事物。

在父親去世後，已經掌握人造式神機密的「皇后」繼續鑽研人造式神的研究。儘管仍無法創造人造式神，但卻已經可以培養出類似於人造人的存在——也就是宥娜。

宥娜，是她提取了羅娜的基因範本，並藉由父親創造出來的胚胎轉化而成。

因此，宥娜對父親一直有一種先天性的依賴跟敬愛感。

一直以來壓在心中的石頭終於放下，羅娜卻沒有太多的欣慰或滿足。有的，只是一種難以言喻的惆悵。

最終章

Scepter of Rose King

聖王學園的戒嚴令解除，薔薇王者權杖回歸到聖王學園，但移轉到何處保管卻無人知曉。

羅娜也重新回到聖王學園，繼續展開新的校園生活，十九歲的大劫也終於正式宣告解除。至於安莎莉，曾經身為塔羅的內應這點讓她難逃其咎，所以決定自行退出聖王學園，但發誓要重新修行，並總有一天會考回來的。

所羅門校長也看在安莎莉努力想贖罪的分上，沒有斷絕她的後路，允許她若能重新通過入學測驗，就可以讓她再度回歸校園。

對了，還有一件事也令羅娜很在意……不對，應該說是很震驚。

在安莎莉收拾好行李準備離開聖王學園前，她神祕兮兮地把她叫到一旁，曖昧地看著前來幫忙收拾整理的安倍。

「羅娜同學，我跟妳說一個祕密，就當作是餞別的禮物吧。」

「小安，什麼祕密啊？還有妳幹嘛一直盯著安倍學姊瞧啊？」羅娜好奇地問。

「羅娜同學，其實，妳應該要叫——安．倍．學．長喔。」

「什麼！」

沒給羅娜追問的餘地，安莎莉回應著安倍的呼喊，先一步跑離羅娜的視線。

算了，這麼恐怖的事情她還是先不要想好了，如果了解太多，那只會讓她覺

得這世界未免太複雜、太可怕了。

「大家會不會都已經到了呢……」

羅娜穿著花嫁系的制服，剛下課的她腳步輕盈地往自己宿舍走去。

一路上，她不知為何回想起塔羅攻略小隊成功完成任務的那一天。

塔羅的領導者「皇后」，也就是她的繼母，因為失血過多而死亡。當時留給羅娜的只有當年的真相，而皇后並沒有再進一步傷害她。

某方面來說，或許她該感謝她的繼母，在死前將羅娜想知道的一切都傳遞給了她。

「皇后」落敗後，分散各地、使用N級式神軍隊試圖侵略政府機關的塔羅成員們也逐一被逮捕。

但是，因為這次的事件，靈務管理局對外宣告，他們會好好處理一直存在於靈人與非靈人之間的種種問題。

這大概需要一段時間，但相較以往，周邊的靈人跟非靈人都願意花更多時間溝通跟交流。

不再是過去那種相敬如冰、甚至帶點敵意的態度。

某方來說，塔羅的行動也算是間接刺激了這個世界。只是要用對的方法讓世界變得更好，而不能像塔羅一樣使用如此激進的手段。

不過，這對今天就滿二十歲的羅娜來說，什麼世界大同都暫且先拋到腦後。

「我回來啦！今天不是要幫我慶生嗎——」

門一推開，羅娜興奮地對著屋內大叫。

只是過了一兩秒，羅娜卻徹底傻愣住了。

「咦……沒有人？」

屋內一片昏暗，什麼聲音都沒有。羅娜一臉錯愕，臉上盡是藏不住的失望。

「大家是不是都忘了啊……」

羅娜有些難過地低下頭走了進去，剛想要開燈，這才發現開關好像壞了。

「奇怪？聖王學園的宿舍品質有這麼差嗎？」

困惑地看著開關無法使用，羅娜一邊想，一邊想要去試試其他的燈能不能開啟。摸黑走了過去，卻發現有什麼東西朝自己的背後摸了一下！

「哇！是、是誰！」

羅娜馬上轉過頭去，卻什麼也沒看見，眼前仍是一片昏黑。

「怪了……明明感覺有人摸我啊……」

皺了皺眉頭，羅娜再次轉過身去，只是不久前才感覺被人摸了背，這一回，羅娜又感覺到有人在摸她！

「哪個死變態給我出來！居然敢摸我的大腿！找死啊！」

方才自己的大腿處有一道觸感滑過，羅娜氣得大吼，左顧右看卻依然什麼也沒看到。

「到底是怎樣啦……這房間有鬼是不是……不對啊，我是靈人應該看得到鬼才對……」羅娜歪著頭想了一下，撇除了鬧鬼的原因。

最後她終於走到廁所，切了一下開關，可以使用，廁所內的燈光驟然亮起。

只是羅娜看了一眼廁所鏡子裡的自己，又愣了一下。

「為什麼……我的衣服釦子是打開的啊……」

愣愣地看著自己身上的制服，胸前鈕釦不知何時被解開，少女的雪白的雙峰若隱若現。

「你這傢伙太超過了！居然敢偷開娜娜醬衣服的釦子！」

「等、等等，鄙人以為這麼做你們都會很開心啊……」

後方的黑暗中，傳來這樣爭吵的聲音。

羅娜立刻意識到剛才發生了什麼事。

「星——滅——凡——卓——斯——」

羅娜臉上掛著笑容，但卻殺氣騰騰，雙手正凹出關節的喀喀聲。

「糟、糟了！被發現了！」

「還不是因為你這淫魔！」

星滅和凡卓斯的吵鬧聲又傳了過來，就此時，又聽見另一人的聲音。

「沒辦法了。」

忽然，室內的燈光一亮，終於看清整個房內景色的羅娜一時間愣住了。

房間內，牆上掛著「生日快樂」的祝福標語，映入眼簾的每一個人都是自己熟悉的面孔。法哈德、星滅與凡卓斯都特意穿上黑色西裝，帥氣挺拔地出現在羅娜面前。

「你們……原來是要幫我慶生……給我驚喜……是嗎？」羅娜愣愣地問著眼前的人。

「嘛，可以這麼說啦……」星滅摸摸後腦勺，有些尷尬地回應。

「我說——哪有人慶生是用這種方式？你們這叫用鹹豬手性騷擾壽星吧！」羅娜板起臉來，不悅地指著三人說道。

「還不是那個淫魔！說什麼可以給妳臉紅心跳的驚喜感受！」

「別什麼都扯到鄙人，當時提議的時候你明明也很有興致……」

就在這兩人還在互相推卸責任時，羅娜忍不住探頭探腦地問：「對了，巴哈姆特呢？」

「本龍王在這裡——羅娜。」

巴哈姆特的聲音終於出現，羅娜順著聲音回頭一看，赫然見到令她完全措手

不及的畫面。

巴哈姆特和其他式神不同，他一身筆挺的白色西裝，手持一束漂亮華美的鮮花，用比往常還要更加精心的打扮帥氣登場。

羅娜還沒反應過來，巴哈姆特便毫無預警地單膝跪下，一手舉著花束對羅娜道：

「妳願意嫁給本龍王嗎，羅娜？」

彷彿過了好久好久，羅娜才從當機的狀態中清醒過來。她欣喜地漸漸紅了眼眶，笑著說：

「哎呀，難道我還有下一個大劫要破除嗎？如果是，我願意和你一起攜手面對，巴哈姆特。」

——《少女王者05》完

——《少女王者》全系列完

後記

Scepter of Rose King

來到《少女王者》系列的最後一集，再怎麼不捨，也要跟大家說聲再見了。

在道別之前，總要珍重地說一些想說的話吧？雖然不多，但還是要好好地、盡可能地表達出來。

寫《少女王者》的時候，差不多也是帝柳從事創作出版之路的第十年，時間過得好快，常常快得讓人措手不及。平常都不覺得，某些時刻反而還嫌時間漫長，但一轉眼又會感慨「哎呀，時光好像被默默偷走了好多年啊」。

這種感嘆，隨著年紀增長更有感觸。尚無這種感覺的都還是新鮮的肝、少女的青春跟少年的熱血，帝柳表示各種羨慕。

十年了。

如果比喻成養小孩，小孩都從好可愛喔的小北鼻，變成有點欠扁的小屁孩了（誤）。不過，跟人類的小孩不同，我每一次嘔心瀝血生出來的書寶寶都滿乖的……呃，除了最近開始中年叛逆後寫出來的某些小說例外 **XD**

那系列還真是好孩子不要看唷，等滿十八再好好品嘗大人的世界。

十年來，除了大家很常問我，關於寫小說要如何寫比較好、有無特別的技巧之外，一直以來我也很常匪夷所思的是，好像滿多人都看不出我的性別？

帝柳這個筆名可能太中性了（笑），但我以為自己的筆觸以及創作風格很好認呢。不過沒關係，我在這裡特別重申：帝柳的性別就是帝柳。

欸，不是，實際上是已經邁入三十歲的阿姨了。

最後，給所有立志要踏入這一行的朋友們，請跟羅娜一樣做好新生測驗將非常嚴苛的心理準備，要有一定的抗壓性，接受無數退稿的打擊再站起來。如此一來，就算起步的時間晚或是吊車尾也沒關係，羅娜也是這樣，但最後還不是成為了肩負重任的人物，你說是嗎？

加油，也希望我們很快能再見！

帝柳

歡迎來追蹤帝柳的粉絲團：

https://www.facebook.com/hedy690/

高寶書版集團
gobooks.com.tw

輕世代 FW321
少女王者05（完）

作　　者　帝　柳
繪　　者　JNE*靜
編　　輯　任芸慧
美術編輯　林鈞儀
排　　版　彭立瑋
企　　劃　方慧娟

發 行 人　朱凱蕾
出　　版　英屬維京群島商高寶國際有限公司臺灣分公司
　　　　　Global Group Holdings, Ltd.
地　　址　臺北市內湖區洲子街88號3樓
網　　址　www.gobooks.com.tw
電　　話　(02) 27992788
電　　郵　readers@gobooks.com.tw（讀者服務部）
　　　　　pr@gobooks.com.tw（公關諮詢部）
傳　　真　出版部　(02) 27990909　行銷部 (02) 27993088
郵政劃撥　50404557
戶　　名　三日月書版股份有限公司
發　　行　三日月書版股份有限公司/Printed in Taiwan
初版日期　2019年11月

國家圖書館出版品預行編目(CIP)資料

少女王者 / 帝柳著.　-- 初版. -- 臺北市：高寶國際出版：三日月書版發行, 2019.11-
　冊；　公分. --

ISBN 978-986-361-743-3(第5冊：平裝)

863.57　　　　108013543

三 日 月 書 版

三日月書版

GOBOOKS
& SITAK
GROUP©

安莎莉

PROFILE

- 身分：御主
- 從屬式神：小狐

安倍的妹妹，和安倍長相相似，但一直戴著厚重的圓框眼鏡。
與羅娜在開學典禮上相識，個性溫文有禮、學識淵博，是聖王學園的情報女王。

安倍

PROFILE

⚜ 身分：御主

擁有一頭美麗的淺粉色長髮和水藍色如洋娃娃的大眼睛，舉手投足十分優雅。
羅娜的學姐，也是安莎莉的「姐姐」。和所羅門校長的關係似乎不錯，是花嫁系裡最傑出的學生。